JN065405

目次

# さっちゃんの物語

# プロローグ

レジで支払いを済ませ、品物を二つのエコバッグに詰めながらふと外を見ると、滝のような雨が降っている。

「何これ。来るときはカンカン照りやったのに」

言ってはみたものの、さて、どうしよう。駐車場の車までは、ほんの十メートルほどだが、そこまで走ればずぶ濡れになってしまう。しかも、エコバッグはパンパン。走れば一番上の冷凍食品が飛び出してしまいそうだ。ずぶ濡れになった姿を思い浮かべて、咲千子(さちこ)は仕方なく店の軒先で小降りになるのを待つことにした。

咲千子の右隣で雨宿りしている親子連れは、スマホの雨雲レーダーを見ながら、

「あと十分くらいは無理やなあ」

と、父親。

「マジか。アイスとけるやん」

息子は恨めしそうに空を見上げた。息子が提げているレジ袋にはアイスが入っているのが見える。

その隣のご婦人は、洗濯物を取り込むように家人に大声で電話している。左隣の若い会社員の手にはむき出しの弁当パックが。

当たり前だが、誰もが困り顔だ。

咲千子は、家にいる息子に二階の窓を閉めるよう電話しようかと思ったが、あいにく両手は塞がっているし、昨夜は遅くまでカラオケアプリで歌の練習をしていたのを思い出し、「まだ寝てるよね」と諦めた。大きな庇（ひさし）があり、軒が深い二階の物干し場の洗濯物はまあなんとかなると思ったが、北側の窓から吹き込んだ雨が床を濡らしている様子を思い浮かべてため息をついた。

豪雨は本当に十分ほどで小降りになった。転ばないようにと足下を気にしながら小走りで車に乗り込み、重いエコバッグを助手席に置いてエンジンをかけた。

「はあ、重たかったあ。手がちぎれるわ。さあ、帰るか。床の濡れているお家へ」

誰も聞いていなくても、大きな声でよく独り言を言うようになった。声に出すことで自分の気持ちを整理できることもあるからと、自分勝手な理由をつけている。

十五分ほどで仮住まいをしている借家に着いた。その間に雨はすっかり上がり、玄関扉を開ける頃には晴れ間が出始めた。キッチンに重い荷物を運ぶと、息子が朝食を食べていた。時計の針は十一時半を指している。

「あら、起きてたんや。すごい雨やったんよ。知ってる？」

と言うと、

「二階の窓、閉めといたし」

スマホ片手にサラダをつつきながら報告。（なんだ、気が利くやんか。でも洗濯物までは無理やったな）と心の中では思いながら、

「ありがとねえ。吹き込まれたら大変やからね。洗濯物は、また日が当たってきたし大丈夫やろ」

少し皮肉っぽく言ったが、スマホに気を取られている息子には聞こえなかったようだ。

買ってきた物を冷蔵庫に入れてから、洗濯物の様子を見に二階の物干し場に上がった。雨が少し吹き込んだ様子はあるものの、大きい庇のおかげで洗濯物は無事だった。この家

の一番の良さは、南側の広い物干場とこの大きい庇であると、越してきてすぐに感じていた。

（西側ももう少し庇が大きいと、西日の暑さがましなんだけどなあ）と思いながら、

「日が当たってきたし、夕方には乾いてるやろ」

バスタオルをパンパンとはたいて、流れの速い雲を見上げた。

人生で二つ目の大きな夢が半年後には現実のものとなると思うと、慣れない借家暮らしも少しも苦にならない。

この二つ目の夢の始まりまで、本当にいろいろなことがあった。

「今までの人生ってまるで天気と一緒やなあ。晴れたり曇ったり急に大雨が降ったり。でも、いつもなんとかなってきたよねえ」

雲の間から差す日差しに目を細めながらつぶやいた。

咲千子、六十二歳の夏である。

# 第一章　一つ目の夢

## お転婆さっちゃん

咲千子が生まれ育ったのは、兵庫県北部の山深い農村だ。

幼少期の咲千子は、誰もが認めるお転婆で、じっとしているのが苦手。よく遊びよくしゃべるし、負けず嫌いのくせに甘えん坊で、けんかに負けると悔しくて、よく大声で泣く子だった。山に探検に入って迷子になりかけたこともあるし、木登りをしたのはいいが、降りられなくなって大泣きしたこともある。けがも多く、右足の膝小僧には消えない傷が残っている。命に関わるような大けがをしたこともある。

それは咲千子が小学一年生の、初冬の日曜日。忘れもしない二つ上の姉、朋子（ともこ）の誕生日のことだった。

「九時にお宮さんにみんな集まるしな」

朋子が朝食のときに咲千子に告げた。

「そうやったあ？」

「ヒデちゃんが昨日学校行くとき言ってたやろ。だから早くご飯食べや」

「カンケリするんかなあ」

「たぶんな。一年生は逃げるだけやけどな」

咲千子は、ヒデちゃんと聞いただけでわくわくして、自然と咀嚼（そしゃく）が早くなる。ヒデちゃんというのは、六年生の男の子。遊ぶときも登校するときも夏休みのラジオ体操の後のかけっこでも、どんなときでもかっこよくて、頼りになって小さい子たちに優しい、みんなのヒーローだ。今ではこのような異年齢の学童期の子たちが関わり合う仕組みは少ないが、この頃は、年齢は関係なく地域の子ども同士のつながりがとても強くて、遊びでも地域の行事でも、常に上級生がリーダーとなって縦割り集団をまとめていた。そしてそれは、代々伝承されてきたもので、どこの農村でもこんな仕組みが出来上がっていた。

鳥居をくぐり、足場の悪い石段を登り切った所が、みんなの集合場所だ。咲千子たち姉妹が着いたときには、もう村の子どもたちのほとんどが集まっていた。遊びは思った通りカンケリだった。神社の日陰は昨日の初雪がまだ少し残っていて、足下に気を付けないと滑って転びそうだった。

空き缶をけるのは五年生のトシ君。オニはヒデちゃん。空き缶を置く所は、石段を降りた広場の真ん中だ。小さい子たちは先に好きな所に逃げてもいいというルールがあって、咲千子も空き缶が置かれるとすぐに、神社の裏側の山の方に走った。

「缶けったあ〜！」

トシ君の大声が聞こえた。

「ヒデちゃんがオニやから、すぐに見付けられるかもしれへんし、はよ逃げなあかんで」

息を弾ませながら、朋子が後ろから声をかける。

「分かってるわ！」

と、後ろを振り向いた瞬間、足が滑った。

「わあっ」

身体が宙に浮いた。咲千子の記憶はここで途切れている。

足を滑らせて三メートル下の車道に転落し、全身を強く打ち付けたのだ。逃げるのに必死で、足下の雪に全く気付かなかった。ただ、幸いだったのは、車道といっても、今から半世紀以上前の農村のことだ。舗装などはされていない農道だ。コンクリートで舗装された車の往来の激しい道路だったとしたら、もっと大きな事故になっていただろう。

咲千子は意識不明の状態で、偶然通りかかった伯父の車に乗せられて、一番近くの総合病院に運ばれた。だが、不思議なもので、意識不明とはいえ断片的にだが覚えていることがあった。一つ目は、車の中で誰かが自分の右手の平の上に座っていて、「痛い」と言ったこと、二つ目は、ベッドのようなもので運ばれて狭い部屋に入ったこと、三つ目は、うす暗い部屋で嘔吐したとき、母親がすぐそばに座っていて背中をさすってくれたこと。この記憶は今でも、うすぼんやりとではあるが残っている。

その日は日曜日だった。病院には当直の若いインターンしかいなかった。レントゲンでは骨折は見られなかった。けれど、意識がない状態で運ばれた幼い少女を診察したその人は、

「今夜が峠です」

と、まるでドラマで聞くような一言を母に告げたそうだ。なので、母は祈るような気持ちで咲千子に付き添っていたのだ。

頭部打撲と全身打撲ではあったが、咲千子は次の日には目を覚まし、付き添っていた母を安心させた。その後順調に回復して、一週間後には退院することができた。退院時は、村に唯一ある万屋さんの車に乗せてもらって家に帰った。自家用車がある家など、当時はほとんどなかったからだ。咲千子は、家に着くなり朝、食べたものをすべて嘔吐した。

「さっちゃん、大丈夫か?」

「退院は早すぎたんと違うか」

「頭痛いのか?」

と、家族をものすごく心配させた。しかし、これは単なる車酔いで、嘔吐した後はすっかり元気になった。

小学校は入院を含めて二週間ほど休んだ。久しぶりに登校した咲千子に、担任も友達もとにかく優しくしてくれて、お姫様にでもなったかのようだった。座っているだけで何もしなくてよかった。打撲のせいで右目のまわりは大きな青たんができて、痛々しかった。

その色がだんだんうすくなると、いつの間にかお姫様扱いされなくなった。青たんがうすくなるのが、ちょっと惜しいような気がした。

咲千子は今更ながら、（あの日の姉の誕生日のお祝いは、いったいどうなったのだろう）と思い起こすことがある。姉にとっては最悪の誕生日だったはずだ。

この事件以外にも数多くのお転婆伝説がある。それも今思えば、咲千子の出しゃばりで負けず嫌いな性格が引き起こした出来事だった。

## 一つ目の夢の始まり

それなりに勉強も運動もできたし、なんでも仕切りたがった咲千子は、低学年の頃からいつの間にかクラスのリーダー的な存在になっていた。咲千子の周囲には、いつも小さい子たちが集まり、咲千子はその子たちのリーダーになって、遊びを仕切ったりけんかの仲裁をしたりするようになっていた。それは、センスや勘といった、咲千子が持って生まれた天性のものだったのかもしれない。

「さっちゃんは、大きゅうなったら学校の先生になったらええわあ」

「人にものを教えるのが上手やなあ」

「小さい子らに慕われて、いつもぞろぞろ引き連れてるなあ」

両親や親戚の大人たちから、こんな声をかけられることも少なくなかった。咲千子は、世の中にはいろいろな職業があることは知ってはいたが、その職業のイメージを具体的に持つのは難しかった。ただ、「学校の先生」は、父が中学校教員だったことや、当時の担任を慕っていたということもあり、自分がいつも体験している生活からはイメージしやすい職業だった。

「そうか。わたし、学校の先生になろう。教えるの、好きやし」

こうして咲千子は、おぼろげではあるが将来の夢を持ち始めた。


高学年になると、咲千子のリーダー性は、同級生、特に女子からはだんだんうっとうしがられるようになっていった。かげでこそこそと悪口を言われていることも知っていた。中には面と向かって、

「咲千子さんは、いつもえらそうにして、知ったかぶりしてる」

「自分がいつもリーダーじゃないと機嫌が悪い」

「なんでも自分一人で決めんといて」

などと言われることもあった。咲千子自身も、自分が嫌われていることに気付いていた。だからといってなかなか素直になれず、

「なんであんたらにそんなこと言われなあかんの！　思ったことを言ってるだけやんか」

と、言い返す。だから余計に孤立してしまう。だんだん学校がつまらなくなっていった。そして、早く小学校を卒業したいと思うようになった。

家でも咲千子は母によく口答えするようになっていた。叱られると自分の非を認めることがなかなかできない。素直に「ごめんなさい」と言えず、ぷいっとふくれて居間のドアを力任せに閉めて、どかどかと音を立てて自分の部屋に行く。

「ほらほら、ほっぺたが風船になってるぞ」

と、父によくからかわれたものだ。そんなことを言われると余計に腹が立って、

「ほっといて！」

と言い返して、布団に潜っていた。

学校でも家でもすぐに機嫌を損ねる咲千子に、母はたびたび、

「そんなんしてたら、友達に嫌われるで」

と、諭すようになった。咲千子も、気持ちの起伏が激しいのは自分の悪い所だと自覚していたし、そんな自分が嫌だった。中学校では絶対に性格を変えて友達に好かれる人になろう。そんなふうに思うようになっていた。

## さっちゃんの自己変革

新しい自分になろう。そう決意して始めた中学校生活。町で唯一の中学校は、町内の五つの小学校から生徒が集まり一学年は三クラス。咲千子のことを知っているのは、五分の一の生徒しかいない。自分を変えるチャンスだった。咲千子は、新しい自分になるために努力した。困っていそうな友達には、「どうしたん?」と進んで声をかけ、自分ができそうなことを考えて実行した。「ごめんなあ」「ありがとう」を自然に言えるように心がけた。

出しゃばらず、少し退いて笑顔を絶やさず……。嫌われないように必死だった。

　正直言って、最初はかなり無理をしていてしんどかった。八方美人と言われたこともあったが、咲千子は、小学校時代の自分がいかに自己中心的であったかを後悔し、相手の気持ちを考えて行動することの大切さを知った。こうして少しずつ友達が増えていった。

　その分、どこかで無理をしていたのだろう。家に帰るとこれまで以上に母とよくぶつかった。「無理」を解消する矛先を、母に向けたのだ。

「ちょっと気に入らへんことがあったからっていって、そんなにすぐにすねて怒っとったら、学校の先生なんてなれへんで」

　と言われたことがある。売り言葉に買い言葉で、

「先生なんかにならへんし！　勝手に決めつけんといて！」

　と言い返し、以前と同じように居間のドアを大きな音をたてて閉めたことが何度もあった。悪いのは自分ではなく、モヤモヤとしたいらだちを分かってくれない母だと、言い逃れをしていたのである。母への甘えだった。

　そんなある日、

「咲千子さん、何か変わったなあ」

小学校のとき一番仲の悪かった子に言われた。びっくりしたが少しうれしかった。

咲千子だけでなくみんなが思春期の入り口で、それぞれが自分づくりのスタートラインに立っていたこの頃。新しい自分と友達を求めていたのは、咲千子だけではなかった。入学して二カ月ほど過ぎた頃、咲千子にも本音で話ができる友達ができた。早苗(さなえ)である。音楽のリコーダーの授業でたまたまペアを組んだのがきっかけだった。リコーダーを一緒に練習する間に、お互いのことを話すようになっていた。違う小学校から来た早苗も、咲千子と同じような悩みを持って中学校に入学してきていた。こうして二人は心を許し合える親友になり、同じ高校に進学し、青春時代を共に過ごした。

## さっちゃんの初恋

中二の夏、咲千子は初めて恋をした。この恋は高校一年生の夏まで続く。完全な片思いの切ない恋だった。その人は一学年上のバスケットボール部で、みんなからは「かっちゃん」と呼ばれていた。なぜその人を好きになったのかは覚えていないし、きっかけもはっきり分からない。なのにとにかく姿を見ただけでドキドキしたり、胸の奥をキュッとつかまれるような感じがしたり……。

「見てるだけではあかんよ。自分の気持ちを伝えないと。ひょっとしたら、相手も咲千子のことを気にしてるかもしれへんやんか」

　と早苗に言われるが、

「そんなん、恥ずかしすぎや。もし迷惑やったらどうするんよ。それに、既に好きな人がいるかもしれへんし」

「それは、大丈夫。秀君が、『かっちゃんは好きな人はいない』って言ってたから」

と、背中を押す。秀君というのは、早苗が付き合っている彼氏だ。秀君はかっちゃんと同じバスケットボール部で、同じクラスなのである。

「え〜。私がかっちゃんのこと好きって話したん？」

「ごめんごめん。だって、情報がほしいやろ」

「もう！　ますます恥ずかしいやん」

こうして咲千子は、ためらいつつも早苗に相談しながら初めてラブレターを書いた。「好きです」と素直に。そして、「今、好きな人はいますか」とも。どうしても直接渡すのは恥ずかしくて、早苗が秀君に渡して、秀君からかっちゃんに渡された。「返事をくれるのだろうか。破って捨てられてたらどうしよう」そんな思いを抱えたまま登校すると、小さな中学校のことだ。偶然かっちゃんと廊下ですれ違ったり、昇降口で見かけたりすることもあり、まともに顔を見ることもできず、小走りに教室に駆け込んだ。

一週間後、ついに秀君経由で返事が届いた。真っ白い封筒。咲千子はすぐに封を切ることが怖くて、いったん鞄にしまった。家に帰ると自分の部屋に直行して、封筒を取り出した。大きな息をしてから封を切る。白い便箋には丁寧な繊細な文字で、

「好きな人はいません。君から手紙をもらったことは光栄に思います」

と書いてあった。「光栄に思います」って、私の好意を受け止めてくれているってこと？でも、私を好きではないっていうこと？

咲千子はほっとして少しがっかりして、そしてうれしかった。

「かっちゃんの手が触れた封筒と便箋」

咲千子は胸に抱き寄せてから、机の引き出しの宝物入れにしまった。

この頃の咲千子は、いわゆる〝モテ期〟だった。小学校の頃は、自分の容姿や見た目など、全く気にしたことはなく、「かわいい」と言われてもそれは小学生の女子なら誰でも言われる、お決まりの台詞であった。ところが、中学生になってから、同級生や上級生、時には下級生からも、何度か告白されたことがあった。悪い気はしないが、咲千子の心はかっちゃんのことでいっぱいで、他の男子には全く興味はわかなかった。でも、髪型や制服のリボンの結び方、仕草や話し方もかわいい女子を意識するようになっていた。かっちゃんに好きになってもらいたい一心で。

かっちゃんの卒業式では、卒業生でもないのに涙が出て仕方なかった。悲しくて寂しくて。秀君と離ればなれになる早苗も同じように、ずっと泣いていた。咲千子は卒業式が終わった後、

「来年絶対にかっちゃんと同じ高校に行く」

と、早苗に宣言した。

中三の一年間は、あっという間だった。かっちゃんはいないけど、たまにＯＢとして部

活の練習に顔を見せたり、偶然町で見かけたりすると、その日はとても幸せな気持ちになり、宝物入れの手紙を出して読み返してはため息をついていた。

高校受験が現実味を帯びてきた十二月。咲千子の「学校の先生になる」という夢は変わっていなかった。高校進学の願書の「将来希望する職業欄」には「教員」と迷わずに書いたのである。高校の合否は、内申書と当日の試験の合計点で決まるので、受験当日も気は抜けなかったが、咲千子に手応えはあった。そして、早苗と共に合格。手を取り合って喜んだ。

四月。高校生活が始まった。不安もあったが、かっちゃんにまた会えると思うと、毎日ウキウキした。咲千子と早苗は別々のクラスになったが、早苗が途中のバス停から合流する形で同じバス通学になった。そして、そのバスには運が良ければかっちゃんも途中から乗ってくる。特に帰りは同じバスになる確率が高かった。咲千子は、かっちゃんと同じバスに乗っているというだけで、もうドキドキしてにやけてしまう。早苗に冷やかされながらも、幸せな時間だった。

そんなある日、なんの前触れもなく咲千子の恋に残酷な結末が訪れる。毎朝、家族で朝食を食べながらNHKの天気予報を見るのが、咲千子の家のルーティンだった。その日の予報は一日中晴れマークだったので、咲千子は家を出るとき、折りたたみ傘を鞄から抜き出して玄関に置いた。少しでも荷物を減らして鞄を軽くしたかったのだ。ところが、ちょうど下校時刻になる頃、遠くで雷が鳴り始めた。そうして案の定、ポツンポツンと大粒の雨が降り始めた。

「嫌やなあ。天気予報と違うやんかあ」

咲千子と早苗は靴を履き替えながら、恨めしそうに空を見上げた。

「あ、そうや。私ロッカーに折りたたみ入れてた。取ってくるわ。咲千子、自転車置き場のとこで待ってて」

「ラッキー。じゃあ待ってるわ」

咲千子は自転車置き場の屋根の下で早苗を待っていた。そのとき、傘を差したかっちゃんが歩いてきたのだ。咲千子はびっくりして、思わず下を向いてしまった。そんな咲千子の前を通り過ぎて、かっちゃんはグラウンドの方に向かって歩いていく。ちらっと咲千子の方を見たような気がしたが、そのまま素通りして急ぎ足で去っていく。思いがけない出会いにドキドキが止まらない。

（私に気付いたかなあ。もしかしたら引き返してきて、傘を差しかけられたら……）

そんな勝手な妄想に一人で赤くなっていた。ところが、かっちゃんが去った方をじっと見ていた咲千子の目に飛び込んできたのは、かっちゃんとバスケットボール部のマネージャーのみきちゃんが、一つの傘に入って談笑しながら歩いてくる姿だった。みきちゃんは、咲千子たちと同じ中学校出身で、かっちゃんとは同級生だ。そのときかっちゃんと目が合った。かっちゃんは少し驚いたようにぱっと目を大きく見開いたけれど、そのままみきちゃんと話しながら通り過ぎていった。咲千子は思わず目をそらした。そして胸の奥の方がものすごい力でつかまれて、金縛りにでもあったかのように動けなくなってしまった。

「ごめんごめん。お待たせしました。ロッカーの鍵がなかなか開かなくてさ。……ってどうしたん？　何かあったん？」

「早苗～」

涙がボロボロとこぼれる。

「え、なになに。どうしたんさー。咲千子、どうしたん?」

「かっちゃん、みきちゃんと、傘、さして、歩いて……」

「なんて? かっちゃんがみきちゃんと、どうしたん?」

「かっちゃんが、私がいたのに、みきちゃんと……」

早苗は、嗚咽する咲千子の話をなんとかつなぎ合わせて状況を理解した。

「咲千子が雨宿りしてたけど、かっちゃんはみきちゃんと相合い傘して歩いてたってこと?」

咲千子はさらにしゃくり上げながら、うなずいた。

「そうなんやあ……。二人はそういう関係なんか?」

当時の高校生にとっては、相合い傘をするのは付き合っているということを、みんなに知らせるパフォーマンスの一つで、ある意味勇気のいることだった。ひょっとしたら、二人が付き合っているのは既に公然のことで、咲千子がいなかった一年間の間にそういうことになっていたのかもしれない。

さらに皮肉なことに、その二人と同じバスに乗ることになってしまった。後部座席で談笑する二人が目に入らないように、咲千子と早苗はバスの前方に移動したが、涙は止まらない。早苗がかばうようにすぐ隣に立ってくれた。先にかっちゃんたち二人が同じバス停で降りた。早苗も咲千子のことを気にかけながら、次のバス停で降りた。咲千子が降りるバス停はまだずっと先だ。乗客はどんどん減っていく。咲千子は運転席の後ろの座席で、こぼれ落ちる涙をハンカチで必死に拭いた。

咲千子は、かっちゃんに会えなかった一年もの間、「かっちゃんはもしかしたら、私のことをどこかで気にしてくれているかもしれない」と、自分勝手な妄想をふくらませていたのだった。ばかな私。みじめな私。涙は止まらなかった。

バスを降りると雨はいつの間にかやんでいた。重い足取りで家に向かい、玄関先でなんとか泣きやんだ。朝置いていった傘が、そのままそこにある。

「ただいま」

それだけ言うと、まっすぐ自分の部屋に向かった。そして、引き出しを開けた。

「かっちゃん、さよなら」

そう言って、宝物入れの中の封筒を取り出し、もう一度「光栄に思います」の文字を読んでから、手紙を細かく破いてゴミ箱に入れた。

こうして、咲千子の初恋は終わった。十五歳の夏だった。

## さっちゃんの青春

初恋は叶わなかったが、咲千子の〝モテ期〟は続いていた。告白されたり、友達からの伝言で、思いを伝えられたりすることはたびたびあったが、結局本気で誰かを好きになるということはこの後、数年間はなかった。かっちゃんを好きだと思った、あの純粋な胸の奥がキュンとするような恋は訪れなかったのである。

咲千子が入学した高校は、「自治」とか「協力」とか「連帯」というものを重きに置く高校で、個性的な教員も多かった。さまざまな学校行事はすべて、生徒の自主性や創造性や協調性を育てる活動になっていた。

まずはじめの活動は、一年生の夏休み前に行われる「地獄のキャンプ」である。学校からバスで一時間ほど走ったところにある、高原一帯を使ったサバイバルキャンプのことだ。冬場はスキー客でにぎわう所だが、夏場は椅子の外されたリフトの支柱と、戸締まりが厳重にされた食堂の建物が一軒あるだけの高原。ここに、草を刈ってテントを張り、トイレや炊事場も自分たちで設営する。水源は、ちょろちょろと湧き出る湧き水だけ。ここで、一泊二日のキャンプをするのだ。

スケジュールには、キャンプファイヤーや星の観測、早朝登山なども含まれており、自由時間は全くない。六人の班単位で行動を共にすることが大原則で、お互いを思いやることや、みんなで協力することが不可欠となる。高原とはいえ、夏の直射日光が容赦なく照りつける中での作業はつらかった。熱中症という言葉などなかった時代だ。水分も十分に取れるわけではなかった。各自が持参した水筒はすべて班員みんなの共有物という決まりがあり、一つの水筒から順にみんなで分け合って飲んでいく。一本が空になったら次の水筒を開けて飲んでいくというわけだ。水分を取っていい場所も時間も決まっている。班長が、

「ほんじゃ、みんな水筒ここに置いて」

と、道具係が手作りした竹のすのこを指さした。咲千子も自分の水筒をリュックから出して置こうとしたとき、

「嫌や。これは僕の物や」

と、水筒を胸に抱えて班長をにらみ付けている男子が。川原（かわはら）君だ。驚いている咲千子たちとは違って冷静に、

「いやいや、これは決まりやから。川原君だけが例外とかないから」

班長が諭すように話す。

「嫌や。他人のを飲むのも嫌や。絶対に渡さへん！」

(何この人、どんだけわがままやねん)

声にこそ出さないが、たぶん班のメンバーの誰もが、咲千子と同じ気持ちだっただろう。

が、班長はそれ以上説得することもなく、

「分かった。じゃあ渡さんでもええわ。その代わり、川原君の水筒が空っぽになっても、誰も分けてやらないから。みんな、それでいいか？」

みんなの顔を見渡した。みんなもうなずいた。川原君は自分の水筒を抱きしめたまま、

何も言わなかった。班長と川原君は同じ中学校出身だ。こんなに冷静に対応できるということは、おそらく中学校時代にもこういうことがあったのだろう。ただ、咲千子にとっては、「こんな人ほんとにいるんや」と衝撃的だった。

その後、川原君の水筒の件がどうなったのかは全く覚えていない。それだけこの二日間は過酷で、自分のことだけで精いっぱいだったのだ。

咲千子は、キャンプファイヤーが不安で、嫌でたまらなかった。誰もやりたがらない「火の女神」の役をすることになっていたのだ。実行委員の投票で決まったらしい。でも、なぜ選ばれたのか分からなかった。自分の名前を知っている人なんて、ほとんどいなかったからだ。誰かにはめられたのではないかと思った。だから余計に嫌だった。先生扮する山の神からトーチに火をもらい、それを掲げて山への感謝を述べた後、「火の子」たちのトーチに火を分ける。その後「火の子」たちと一緒に、櫓（やぐら）に点火するのだ。しかも、シーツを縫い直しただけの妙な衣装を身に着けなければならない。このキャンプの最初のイベントなので、責任重大だ。みんなの冷やかすような視線が集まる中、なんとか間違わずに台詞を言い、無事点火できたときは、もうテントで休みたいと思ったほどだ。

三食の飯盒炊爨（はんごうすいさん）、星の観測、早朝登山、テントの設営と撤収、野営準備と片付け作業。炎天下での二日間の日程をなんとか終えて、帰路についた。バスの中では咲千子も含めて、ほとんどの生徒が爆睡状態だった。咲千子は日焼けで鼻の頭と耳の皮がずるりとむけて、その後の処置が大変だった。

生徒会活動も活発で、夏休みに、各クラスから選出されたクラスリーダーが集まって宿泊研修が行われる。ここでは、クラス活動の運営の仕方や、生徒同士のつながりが深まるような集団遊びなどを研修する。生徒会役員や担当の教員、大学生となったＯＢも参加して、「自治とは何か。どうすれば民主的な学校運営ができるか」など、一年生にとってはちんぷんかんぷんの議論が交わされるのだ。

咲千子も一年生のときにクラスリーダーに選出されて、この研修会に参加した。難しいことは分からなかったが、自分たちには学ぶ権利や、自分の考えを主張する権利があることを学習し、仲間と一緒に同じ目標に向かって（たとえそれが遊びだったとしても）相談したり、協力したりして活動することの楽しさを体験したのだ。生徒会の上級生たちがものすごく大人びて見えたし、高校生になるということは大人に近づくということなんだ、と実感した。

高校生活は新しい体験の連続だった。中学校時代の狭くて小さな世界から、一気に視野が広がり、いろいろな考え方を持った人たちに出会えた。けれど、それまでそんなに必死にならなくてもそこそこ理解できていた学習が、少し手を抜けばすぐに取り残されていくことも感じていた。もともと根気の続かない性分の咲千子は、どんどん落ちこぼれていった。特に数学と物理は惨憺（さんたん）たるものだった。

そしてこの頃、体調にも変化が出始めた。繰り返す腹痛や頭痛、そして立ちくらみに悩まされるようになった。授業中に腹痛に襲われ、授業そっちのけで痛みや便意に耐えることもあった。体育では、グラウンドを二周ほど走ると目の前が暗くなり、倒れ込むこともあったし、ひどい頭痛や吐き気のために学校を休むこともあった。成長期で自律神経が不安定になっていたのかもしれない。頭痛を訴えるたびに、母親は「小さいときに頭を打ったことが原因かもしれない」と心配した。同じクラスの男子に、

「咲千子、おまえいっつも青い顔してるよなあ。毎晩遅くまで勉強してるんやろ。がんば

りすぎや」

　と言われたことがある。

「そんなことないし」

　と言い返したものの、（勉強なんか全然してないのに。成績だって全然だめやのに。そんなふうに思われてるんや。いややなあ。ただ、しんどいだけやのに）と、心中穏やかではなかった。体調不良を言い訳にして、勉強することや努力することから逃げていたことも多かった。体調に不安を抱えながらも、高校生活の二年間が終わった。

　三年生になる直前の春休み、まだクラスや担任も発表されていないのに、世界史の小松(こまつ)先生から学校に呼び出された。小松先生は咲千子の担任になったらしい。用件は「新しいクラスをどう作るか」だった。要領を得ないまま学校に行くと、小松先生と八名の生徒が会議室に集まっていた。小松先生は去年赴任してきた先生で、去年は隣のクラスを受け持っていた。集まった生徒の中には顔見知りもいたので少し安心した。小松先生は、

「一人ひとりが自分の力を発揮でき、お互いを尊重し合いながら成長できるクラスを作りたい。高校生活最後の一年を、自治のある、一生思い出に残るクラスにしたい。そのため

には核になるリーダーが必要だ。それが君たちだ」

と、熱く語った。

つまりこの日の集まりは、新学期がスタートする前に、小松先生がクラス作りの手回しをしておくためのものだったのだ。咲千子はまだ事情がよく分からなかったが、リーダーに選ばれたことはうれしかった。

「今からクラス名簿を渡す。これはまだここだけの秘密だ」

そう言って名簿を渡された。その中に早苗の名前もあった。咲千子はそれだけでもう、この一年間は楽しくなること間違いなしと、思わずにんまりしてしまった。

「咲千子、顔」

ひじを小突かれた。一年生のときから同じクラスだった通称〝山さん〟こと、山岡（やまおか）君だ。

「いろいろな思いはあると思うが、絶対に口外しないこと」

小松先生にもにらまれた。

「六つの班を作る。班の運営は班長に任せる。週一回班長会議を開いて、班の様子を報告し合う。クラスリーダーには山岡と小池（こいけ）。そのほかのメンバーは、班長をやって欲しい。

今日は来ていないが、生徒会役員の中島と伊藤も協力してくれる」

小松先生は次々とプランを話し始めた。こんな経験は初めてのことで、咲千子はびっくりしていたが、他の生徒たちは落ち着き払っている。咲千子が知らない水面下で、以前からこういうことが行われていたのかもしれない。クラスリーダーは二年間やってきたが、そのときの担任からこのような提案をされたことはなかったし、班といえば、掃除や化学の実験での活動しかしたことがなかった。すべてが初めてのことで、咲千子は戸惑った。それでも八名のうち三名は二年生のときに小松先生のクラスだったので、その子たちが二年生のときにやってきたクラス作りについて説明してくれて、少し安心した。

咲千子は、班作りの手段として、「班の回覧ノート」をやってみようと思いついた。自分の書きたいことを書いたり、友達が書いたことへのコメントを書いたりすることで、お互いのことを知り合えるのではないか、と考えたのだ。

一つ不安だったのは、班のメンバーの中に、大木君がいることだ。大木君は、一年生のときから悪い意味で目立っていた。丸刈りに濃い眉、校則違反の改造自転車での通学。自分で物を壊すようなことはしないけれど、噂では子分が数名いて、陰で命令して悪いことをさせているとか。

咲千子は正直言って怖かったのだ。暗い表情の咲千子に、

「僕も同じ班になるから、大丈夫やって」

と、山さんが励ましてくれた。けれど気持ちは重かった。

そして、始業式。貼り出された名簿を見て、早苗と同じクラスだったことを初めて知ったかのように喜び合い、教室に入った。小松先生は、「高校生活最後の一年間を素晴らしい一年間にしよう」と、前日咲千子たちに話したときよりも、さらに力を込めて語った。

そして、シナリオ通りにクラスリーダーと班長が立候補し、すんなりと決定した。

「班のメンバーについては、放課後クラスリーダーと班長で決めていきたいと思います。では、これでホームルームを終わります」

クラスリーダーとなった山さんが告げると同時に、ガタンッ、と大きな音を立てて大木君が立ち上がった。

「しょうもなっ。班のメンバーなんかとっくに決まってるんちゃうんか。今言ったらどうやねん」

教室中に響き渡る声で言い放った。空気が張り詰めるのが分かった。山さんは真っすぐ大木君を見ている。大木君も目をそらさない。数秒間の沈黙の後、

「大木君は、一緒になりたい友達とかいる？　希望を聞くけど」

山さんが、何事もなかったかのように尋ねた。

「いるわけないやろ、こんなクラス」

そう言ったかと思うと、大木君はぺちゃんこの鞄を担いで、教室から出て行った。小松先生は止める様子もなく、

「ようし、今日はここまで。帰っていいぞ。あ、班長とクラスリーダー以外な」

と、のんきに構えている。咲千子は大木君が出て行ったドアの方を気にしながら、ため息をついた。

「初日からこんな調子じゃ、班ノートを始めるとか言い出しにくいなあ」

山さんに愚痴ったら、

「なんとかなるって」

と、お気楽な返事。そうかなあ。気持ちは晴れなかった。

次の日、班のメンバーが発表され、席を移動することになった。大木君は班のメンバーについては無反応で、

「オレはここ」

出入り口に一番近い席に陣取ってそっぽを向いている。他のメンバーは大木君の近くを避けるように席を決めていったので、仕方なく咲千子が大木君の隣に座ることにした。

「班のみんなが早く仲良くなるために、班ノートを始めます。自己紹介でもいいし、その日にあった出来事でもいいし、なんでもいいので書いてください。短くても長くても絵を描いてもいいし、何を書くかは自由です。まず、私から書いていきます。その後の順番はどうしますか?」

緊張しながら話す咲千子に、

「座ってる順でいいやん」

山さんが助け船を出してくれた。

班ノートは順調に回っていて、咲千子はみんなが書いた内容を読むのが楽しみになって

きていた。そして、数日後、最後の大木君が咲千子の机にノートを置いて帰って行った。

「ありがとう」

そう言って、咲千子はわくわくしながらノートを読み進めていった。最後のページをめくると、大きな文字でこう書かれていた。

『こんなノート意味ない。みんなしょうもないことばっかり書いてる。オレは、何も書くことはない』

大木君が書いたのだ。咲千子は山さんに、

「見て。大木君のページ。がっかり。心が折れるわ」

また愚痴った。でも、山さんは、

「何落ち込んでるん。これは、みんなが書いたのを大木が読んだってことやろ。しかも、『書くことがない』って書いてるやん。見方を変えたら、すごいことや。こっち向いてくれてる」

あくまでポジティブだ。

「そうかなあ。私、次なんて書こうかなあ。悩むなあ」

咲千子は、家に持ち帰ってノートを見ながら、素直な気持ちを書こうと決めた。そして「みんな、読んでくれてありがとう。書いてくれてありがとう」と、書き始めた。

こうして咲千子の高校生活最後の一年が始まった。

この一年は、一生忘れられない一年になると同時に、その後の咲千子の教育実践に、大きな影響を与えることになるのだった。

咲千子は、班員間の交換ノートが班作りの大切な道具になってきていると、改めて感じていた。ノートが三巡目に入ったとき、大木君が初めて自分のことを書いてくれたのだ。今読んでいる本のことを書いていた。咲千子は全く知らない作家だった。山さんは知っているらしく、大木君にその小説について話しかけていた。

班ノートの他にも、クラス委員が発行するクラス新聞、クラスへの思いがストレートにつづられた小松先生発行の学級通信などが、このクラスをどんどんまとまりのある、活気あるクラスにしていった。

そして、このクラスになって初めての大きな行事である、『校外学習』を迎える。決まっているのは日にちとバス会社だけ。行き先、行程は各クラスで決めて計画書を提出し、職員会議で認められれば、運営はクラスに一任される。日にちはゴールデンウイーク前の四月二十七日と決まっていた。ただし雨天の場合は中止となり、延期はない。

咲千子たちのクラスは、たくさんの案の中から、丹後半島の海沿いの町に行き先を決定した。特産品であるチューリップの花が、ちょうど満開を迎える時期であることや、昼食後、砂浜でソフトボールやバレーボールなどをして遊べることなどが決定理由となった。また、他のどのクラスとも重なっていない場所で、特別感があるということも大きかった。バス会社との連絡や調整も生徒が自ら行うのが原則なので、校外学習係のメンバーたちは張り切っていた。前もって二度も下見に行くほどだった。

しかし、当日。無情にも春の嵐がやって来た。朝六時半の時点で雨が降っていれば、中止である。昨日の夜半に降り出した雨は明け方から本降りとなり、大雨注意報と強風注意報が出ていた。追い打ちをかけるように、丹後半島には波浪注意報も出た。どう祈っても中止は決定的だ。意気消沈して登校したのは、咲千子だけではなかった。

「残念やなあ。こんなに降るとはなあ」

「でも、これだけ降ったらあきらめもつくわなあ」

昇降口で一緒になった咲千子と早苗は、傘をたたみながら、

「あ〜あ……」

同時に大きなため息をついた。

この日の授業は、身の入らない生徒たちを前に先生たちもあきらめたのか、中には、

「はい、残りの時間は自習。隣の教室に迷惑をかけないように」

そう言って、早々に授業を切り上げて教室から出て行く先生もいた。

しかし、転んでもただでは起きないのが、このクラスだ。ゴールデンウイーク明けの火曜日のことだ。校外学習係長の中野君が、終わりのホームルームでいきなり熱く語り始めた。

「みんなに提案がある。校外学習、どうしても行きたいんや。せっかくしおりも作ったし、下見にも行って、絶対みんなにも行ってほしいと思ったんや。海はきれい、砂浜でソフト

ボール、昼寝もできる。一生に一度の校外学習や」

（中野君ってこんな性格だった？）と、たぶんクラスのほとんどの生徒が思っただろう。

この提案に、にわかにみんなが活気づいた。

「ええやん。行こう行こう。いつ行く？」

すぐに飛びついたのは、お調子者だけどみんなから「まっさん」と慕われている、生垣（いけがき）勝（まさる）君だ。まんざらでもないクラスの雰囲気を感じて、中野君が続ける。

「五月の第三日曜日。雨だったら次の日曜日。みんないろいろ都合があるやろから、強制ではないねんけど。できるだけ参加して欲しいと思ってるんや」

「部活あるヤツはどうするんや？」

どこからか声が上がる。

「一応どの部の顧問にも聞いてみたんやけど、対外試合のある部はなかった」

「どうやって行くんや？」

山さんが訊いた。

「汽車で。途中で乗り換えなあかんけど、うまく乗り継いだらバスより早く行ける。下見のときもそれで行ったし。帰りも三時すぎの汽車やったら乗り継ぎがうまいこといくねん」

「よっ。さすが校外学習係！」

まっさんが合の手を入れる。

「先生は行くんですか？」

生徒会役員の中島さんが聞くと、

「もちろん行くで。ただし、担任という立場ではなく、あくまで一参加者やけどな。ソフトボールやりたいしな」

バットを構える仕草で答える。多数決を取るまでもなく、校外学習のリベンジは決行されることになった。


真っ青に晴れ渡った五月晴れの日曜日。リベンジ校外学習の朝。駅には次々にクラスメートがやって来る。中野君が、「家の用事や体調不良の四名が欠席」と告げた。小松先生は、今日はノーネクタイである。そして、その横に大木君がいる。咲千子はなんだかとてもうれしかった。

汽車では大木君は、最初は一人で座って本を読んでいたが、そこにまっさんがやってきて、

「おっさん、こんなときまで何読んでんねん？」

と、いきなり肩を組んだ。早苗とおしゃべりに夢中になっていた咲千子はびっくりした。大木君が怒り出すのではないかとヒヤヒヤしながら様子を窺っていると、大木君は本のカバーを取って、まっさんに表紙を見せた。

「おっ、それ、オレも読んだぞ。難しかったなあ。でも、おもろかった」

その後も、不思議なことに好きな作家の話や趣味のギターの話で、盛り上がっているではないか。そして、今はどうしてもバイクの免許が欲しくて親を説得していることまで、まっさんに打ち明けていた。大木君がこんなに話をしているところを見るのは、咲千子も早苗も、おそらく他のみんなも初めてではないだろうか。

それにしてもまっさんという人は、不思議な魅力を持った人だ。人を惹きつける何かを持っていると咲千子は感じていた。

リベンジ校外学習は最高だった。真っ青な海。白い波。砂浜でのソフトボール。咲千子

はスカートをはいていることも忘れて、走ったり転んだり。お弁当の後は砂浜に寝転んで波の音を聞いたり。小松先生は本格的に眠っているようだ。

「おーい。みんな集合してー。帰りの汽車に間に合わへんぞー！」

中野君が叫んでいる。みんなで駅に向かって猛ダッシュ。日焼けした頬が、火照っている。こんなに楽しい校外学習は初めてだった。

「また明日ねー」

「うん。また明日～」

駅でみんなと別れるのが、名残惜しくてたまらなかった。


もうすぐ夏休みというある日、生徒会役員の伊藤君から文化祭についての提案があった。今年の文化祭は、三日間の日程で行うこと。展示発表、模擬店、演劇発表のどれかをクラスで決定して、終業式までに生徒会に報告すること。最後の日は体育祭で、例年通り応援合戦と大パネルの設置を行うこと等が知らされた。咲千子のクラスは、当然のように演劇に取り組むことになった。クラスが一丸となれるのが演劇だからだ。演目はフランス革命を題材にした、題して『栄光の日は来た！』。パリの民衆が自由と平等を求めて立ち上がった史実をもとにした、創作劇に決まった。

クラスを、主に演劇に携わるメンバーと、応援団として活動するメンバーと、大型パネルを作るメンバーに分けた。大型パネルは、各チームの応援席のバックに設置されるもので、畳八畳強の大きさ。そこにチームのシンボルとなる絵柄をダイナミックに描く。各メンバーがバラバラにならないように、毎日各チームのリーダーが報告会を持つことを決めた。応援団の団長は、あの大木君。

「オレしか、できるやつおらんやろ」

自信満々で、立候補したのだ。もちろん満場一致で団長に選出。狙うのは、演劇大賞、応援合戦一位、大型パネル最優秀賞、体育祭総合優勝、の四冠達成だ。

咲千子は、演劇のシナリオ担当になった。物語の起承転結で言えば、「起」に当たる部分を書くのだ。夏休みに入ってからも連日のように登校して、シナリオを書いた。時代考証も必要なので、小松先生に相談したり、歴史の得意な山さんにもアドバイスをもらったりした。

「受験勉強もそのくらい精が出るとええのになあ」

なんて母から皮肉を言われながらも、自分が書いたシナリオが演劇になることが嬉しくて仕方なかった。

監督はまっさん。シナリオの書き直しを何回か言われたけれど、まっさんの指摘はいつも的を射ていた。こうしてお盆前にはすべてのシナリオが完成し、一冊の台本としてみんなに配られた。手書きの原稿を輪転機で印刷して、シナリオ係がホチキスで綴じた。衣装や音響や照明、大道具、小道具も、それぞれの担当が着々と作業を進めていた。インターネットやコンピュータのない時代だ。すべてがアナログだ。高校生の持っている技術や知恵を総動員しての作業は、苦労の連続だったが、反面、自分たちで作っているという喜びや達成感も、計り知れなかった。

キャスティングは、監督であるまっさんの采配が際立っていた。ルイ十六世には担任の小松先生。マリー・アントワネットには、大の宝塚ファンで『ベルサイユのバラ』を四回見たという、片平なぎさ似の奥野（おくの）さん。主人公の活動家にはクラス一男前の伊方（いかた）くん。咲千子は早苗と共に、冒頭に体育館の後ろから「号外だよー！」と叫びながら入場してくる新聞配達の少年に抜擢。オープニングから会場中の注目を浴びる大役である。

見せ場は、ルイ十六世とマリー・アントワネットがギロチン台に上がり、処刑される場面である。大道具係がギロチン台を、小道具係が転がる首を、何時間もかけて作成した。山さん率いる音響係は、ギロチンが落ちるときの「ガラガラ」という音を探しまわって、理科室の一番重い窓を思い切り開けるときの音がドンピシャであることを発見した。ギロチンのロープが切られて首が飛ぶまでの時間を計り、何度もテープレコーダーに録音した。そして、ギロチンの刃が落ちるときの音と、首が転がり落ちるタイミングがピタリと合うように、綿密にリハーサルした。

十月に入り、いよいよ仕上げの段階になって、教育実習生の二人にも民衆役で参加してもらうことになった。長い文化祭の歴史で、担任が、それも処刑される役で出演するのも初めてなら、教育実習生が出演するのも前代未聞である。どちらも、上演前から話題を独占する作戦であるらしい。

そしていよいよ上演当日。前評判も高かったので、会場は満席で立ち見も出ていた。開演を知らせるブザーが鳴った。観客の視線は舞台へ。しかし、なかなか幕が開かない。スポットライトが会場後方の入り口に当たる。

「号外だよー！　号外だよー！」

「バスティーユが陥落したよー！」

一斉に観客の目が会場の後ろに向けられる。スポットライトを浴びて、ビラを撒（ま）きながら駆け込んでくる少年たち。咲千子と早苗である。意表を突く演出は大成功だ。

お芝居は進み、一番の見せ場。処刑の場面では客席は静まりかえり、息を呑んで舞台を見つめていた。ギロチンが轟音（ごうおん）と共に落とされて、二人の首が飛ぶ場面では、なぜか拍手まで起こった。小松先生そっくりの首が飛んだのである。民衆が武器を持って立ち上がる場面では、迫真の演技に涙ぐんでいる観客もいた。こうして規定の上演時間は瞬く間に過ぎた。観客の心を鷲づかみにして。

祈るような気持ちで迎えた結果発表では、『栄光の日は来た！』は見事、審査員の満場一致で演劇大賞を獲得した。

この勢いは止まらなかった。体育祭でも、応援合戦は競り勝って一位。大型パネルも最優秀賞を獲得。そしてなんと、競技の部でも最後のリレーで、ライバルクラスのアンカーが転倒するというアクシデントのおかげで、逆転優勝を果たした。奇跡の四冠達成。咲千子たちは抱き合って喜び、泣いたり叫んだりと大忙しだった。教室に戻っても興奮冷めやらぬみんなに、小松先生は言った。

「君らは、最高や！」

その目には涙が光っていた。

咲千子は、「一人ひとりが自分の良さを発揮したんだ。お互いがつながり合い、成長している。そんな渦の中に、私はいる」、そう感じていた。

文化祭の余韻を残しながら、十一月に入った。咲千子たちのクラスも、受験一色へと変わっていった。休み時間も辞書や参考書を開く姿が珍しくなくなり、志望校を絞る時期を迎えていた。咲千子は、「先生になる」という夢は持ち続けていたが、必死で取り組むということができずにいた。両親は姉の朋子のように、国立大学の教育学部に進学して欲しいと思っているようだったが、咲千子は自分には絶対に無理だと分かっていた。小松先生は咲千子の成績表を見ながら、

「咲千子はどうしたいんや。この志望校なあ……。受けるのは自由だが、受かる保障はないぞ。先生になるための大学は他にもたくさんあるし、どの大学に行ったかなんて、先生になったら関係ないぞ。しかも、免許もらっても採用試験っていうのに受からんことにはなあ」

と、もっと偏差値の低い大学を視野に入れるよう、アドバイスしてくれた。しかし咲千子は、両親の期待もあり、国立大学を受験した。自分でも分かっていたけれど、受からなかった。当然の結果だった。結局、一浪して次の年の春に京都の短大に入学した。そして、姉の朋子と二人で暮らし始めた。この短大では、幼稚園教諭の免許も取得できた。学校現場ですぐに役立つ知識や技術も学ぶことができた。咲千子はこの短大に入学して良かったと思った。しかも、結果的には教員を目指して四年制大学に進学した同級生より一年早く「先生」になれたのだ。

## さっちゃん、夢を叶える

講義は新鮮で教授陣も個性的な人が多かった。いかにも大学の先生といった雰囲気の教授もいた。大学の附属小学校で教鞭（きょうべん）を取ったことのある教授の講義は、現場の様子が分かり、興味深かった。実技教科の教授はみんな厳しかったけれど、基礎をしっかりと教えてもらえた。

生活綴（つづ）り方のサークルにも入った。入学式で配られたサークル勧誘のチラシを見て、興味を持った。『作文教育と生活綴り方とは？』という文字が目に入ったのだ。咲千子は小学校の頃から作文が好きだった。小学二年生のときには、ローカルのラジオ番組で作文を読んだこともあるし、中学生のときには、校内の弁論大会で作文を発表したこともあった。自分が先生になったら、どんなふうに作文を教えたらよいのかも知りたかった。

サークルでは、生活綴り方の歴史や、綴り方を取り入れた教育実践について学んだ。時には子どもが書いた作文から、その子の思いを読み取り、作文を学級作りにどう活かしていくかという議論もした。他大学の学生や、卒業して教職に就いている先輩たちとも交流し、教育に対するさまざまな考え方や実践を知ることができた。特に現場で活躍している先輩の話にはいつも引き込まれた。子ども一人ひとりに寄り添い、それぞれの良さを見付け、伸ばしながらクラス作りをしている様子を聞くと、高校三年生のときの自分たちのクラスと共通するものがあると感じた。そして、早く自分も教壇に立ちたいと思った。その思いは、小学校や幼稚園での教育実習を通して、より強いものになっていった。

教壇に立つためには、教員免許を取得するだけではだめで、採用試験に合格しなければならない。短大の二回生の夏には採用試験がある。あっという間だ。二回生になると同時に、咲千子は採用試験に向けて勉強し始めた。既に前年に京都府の採用試験に受かり、教員として働いている姉の朋子に試験の情報をもらい、時間を惜しんで問題集を解いた。高校三年生のときの何倍も勉強した。

一次試験は、一般教養、教科専門、教職教養などの筆記試験である。七月中旬のカンカン照りの猛暑日に、一次試験が行われた。京都市の北区にある私立大学の大講義室が、試験会場だった。会場に着くまでに汗だくになってしまった。汗が引く間もないまま、試験が始まった。幸いなことに咲千子の席の周囲は同じ短大のクラスメートが多く、気分的に楽だった。休憩時間も問題集を開き、お互いに問題を出し合って過ごした。この日の試験は咲千子なりに手応えはあったものの、競争率が五倍余りと聞いて、不安もあった。

数日後、二次試験の通知が届いた。一次試験はなんとか突破できたようでほっとした。二次試験の案内書類には、日程と持ち物と場所が簡単に書かれているだけで、詳しい内容は書かれていなかった。クラスメートのうわさによると、次年度から施行される新学習指導要領に則って、水泳の逆飛び込みや二十五メートル水泳が盛り込まれるらしい。また、姉朋子の情報によると、背伸びしないと届かないくらいの高鉄棒の試験があるとのことだった。水泳も鉄棒も得意ではない咲千子は、既に気が重かった。

「大丈夫やって。総合的に判断しはるって。だって、私、鉄棒なんてなんにもできなかったんやから」

朋子は励ましてくれるけれど、「ピアノや図画工作が得意な姉とは違う。私にはこれといった特技がない」と、さらに不安になった。

そして、いよいよ二次試験当日。会場は左京区にある府立高校。一日目は、図画工作と音楽の試験と面接がある。咲千子は、午前中に音楽の試験と面接というグループだった。音楽は一人ずつ音楽室に入り、五人の試験官の前で、『教則本のバイエル七十番以上の曲を弾くこと』と、もう一つは、『小学校唱歌の一つを伴奏しながら歌う（弾き語り）』という試験だ。咲千子はバイエルの百番を弾き、唱歌「とんび」の弾き語りをすることにしていた。短大のピアノ自主練習室で何度も練習してきた。それでも、廊下で待っている間に緊張で指先が冷たくなっていた。

「では次の人、入ってください」

係の人に呼ばれて、一礼して音楽室に入った。そこには五人の試験官が座っていたが、その中に、短大のピアノレッスンの講師がいた。年齢はたぶん六十歳くらい。いつも大きな宝石の指輪をしていて、咲千子が間違うと鉛筆で咲千子の指をつつく、あの講師だ。目が合った。その講師はにこっと微笑んでうなずいた。「大丈夫よ」とでも言うかのように。咲千子も顔を引きつらせながら、少しお辞儀をした。

「いい？　緊張するから間違うのよ。まず、鍵盤に指を置いたら深呼吸するの。それで〝大丈夫。私はできる〟と念じるの。だってたくさん練習してきたでしょ。自信を持ってやってごらんなさい」

その講師は、夏休み前に行われたピアノの試験のときに、咲千子の背中をさすりながらこう話したのである。指をつつくのは愛情表現だったのだろうか。一生懸命がんばっているのを、ちゃんと分かってくれていたのだろうか。背中に温かい手の温もりを感じて、緊張は一気に解けた。そうして咲千子は間違わずに演奏することができ、試験に合格したのである。そのときの言葉を思い出した。そして、その通りに深呼吸をして、〝大丈夫。私はできる〟と念じてから演奏を始めた。弾き語りでは少し声がうわずってしまったが、バイエルも「とんび」も間違うことなく、無事に演奏し終えた。いつの間にか、指の震えが止まっていた。講師が大きくうなずくのが見えた。

一礼して廊下に出た途端、大粒の汗がどっと噴き出した。

「ピアノの先生、ありがとうございました」

咲千子は胸に手を当ててつぶやいた。

次は面接だ。名前を呼ばれて教室に入ると、三人の男性が座っていた。二人はにこやかに迎えてくれたが、右端の試験官だけはにこりともしないで腕組みをしている。眼鏡の奥の目が冷たく光っている。(なんか嫌なこと言われたらどうしよう)。急に不安になった。

「私たちそれぞれから一つずつ質問をしますので、端的にお答えください」

左端の試験官が告げた。

「では、私から質問します。あなたが理想とする先生とは、どんな先生ですか?」

「子どもたちとの間に壁を作らない、子どもたちの目線で物事を考えられる先生になりたいです。かといって、子どもたちに迎合するのではなく、指導者としての視点をきちんと持っていたいです」

これは、質問される内容を想定して何度も練習した答えなので、すらすらと答えられた。

「次の質問です」

真ん中の試験官が質問をした。

「あなたの先生としての武器、つまり、強みはなんですか?」

「私は今、生活綴り方のサークルで学んでいます。子どもたちが自分の生活を見つめ、自分の良さや課題に気付き、より良くしていくための一つの手段として、綴り方があります。

私はこの方法を取り入れて、一人ひとりの思いを知り、それをクラスみんなで受け止めて、みんなで成長していけるクラス作りをしたいと考えています」

これも、先輩から採用試験で聞かれる項目として教えてもらっていたので、答える練習をしていた。なかなかうまく話せた。

「では、最後に私から」

右端の試験官が、手元の書類を見ながら眼鏡を押し上げて尋ねた。

「あなたが今住んでいるのは京都市内ですねえ。なのになぜ、京都市の試験を受けずに、京都府の試験を受けたのですか？」

全く予想もしていなかった質問に、咲千子は焦った。想定していたのは「京都府の教育のどんなところが魅力だと思いますか？」だった。答えに戸惑っている咲千子を、その試験官はじっと見ている。どうしよう。もうこうなったら、正直に話すしかない。

「それは、京都府の方が、採用人数が多かったからです。京都府の方が合格しやすいかなと思ったからです」

試験官の目を見てそう答えた。

「あははは っ」

二人の試験官が、思わず眼鏡の試験官の方を見た。咲千子はびっくりした。その試験官が笑ったのだ。そして、

「そんなことはないよ。たいして変わらんよ。正直な人だ」

眼鏡のずれを直しながら言った。

「面接は以上です。お疲れ様でした」

左端の試験官がそう告げたので、咲千子は一礼して教室から出た。笑われたのは心外だったが、決して不快ではなかった。自分の正直な気持ちを伝えられたからかもしれない。


昼食休憩の時間になり、午前中に図画工作の試験を終えた短大の友達と、情報交換をした。図画工作では、「知っている折り紙を五種類折る」という課題が出たというので、早速ノートを切って各自が知っている折り紙を教え合った。咲千子は、音楽の試験官の中に、短大のピアノの先生がいたことを知らせた。

午後の試験が始まった。咲千子は、図画工作は決してうまくはないが好きな方で、気持ちにゆとりを持って臨むことができた。課題は三つだった。「折り紙を五種類折ること」「四色の色画用紙を使って貼り絵でヒマワリとアサガオを作ること」「自分の履いている靴の片方をデッサンし着色すること」である。制限時間が決められており、何から取りかかっても良いとのことだった。咲千子は、折り紙、貼り絵、靴のデッサンの順に取り組むことにした。持ち物に書かれていた新聞紙は、机の上に靴を載せるときの敷物代わりだったのだ。てっきり新聞紙を使って何かを作るのだと思い込んでいたので、とんだ肩すかしだと苦笑いした。

「あと五分で提出してもらいます」

試験官が告げた。咲千子はほぼ出来上がっていたが、靴のかかと部分の陰影をはっきりさせるために、黒い絵の具を水でのばして筆先で着色して仕上げた。折り紙も貼り絵もデッサンも、咲千子なりに満足のいくものになった。

こうして一日目の試験は終わった。咲千子は達成感のようなものを感じて、帰りのバスに乗った。

試験二日目の朝は、雨が降っていた。今日は体育の実技試験がある。体操着と水着のセットはけっこうな大荷物となった。

（体育の試験は雨の場合はどうなるんかなあ）会場に向かうバスの中で、窓に打ち付ける雨粒を見ながら思った。

試験会場は運動場から体育館に変更になっていた。八人ずつのグループに分かれて試験を受けるようで、受付に行くとグループ名と番号の書かれたゼッケンを渡された。咲千子はBグループの一番だった。すべての試験を、そのグループの一番目に受けるいうことだ。

（よりによって一番なんて。ついてないなあ）始まる前から憂鬱になってしまった。

会場が運動場から体育館に変更になったので、ハードルは一台、サッカーゴールは簡易式の物になり、他には跳び箱、バスケットボールのゴールが一台と、鉄棒が設置してある。五十メートル走や走り幅跳びの試験はなくなったようだ。姉から聞いていたとおり、鉄棒は咲千子が背伸びをしてやっと届くくらいの高鉄棒だ。ハードル、サッカー、バスケットボール、跳び箱、ここまでは順調に進んできた咲千子だったが、この高鉄棒で大ブレーキがかかった。

「上がり技、回り技、降り技を連続で行ってください。技はなんでも結構です」

試験官が説明した。

「では、一番の人。始めてください」

咲千子はまず、鉄棒に背伸びをしてつかまった。そこから上がり技をしなければならない。上がり技は、逆上がりか足かけ上がりしか知らない。けれど、つま先しか床に届いていない状態で、腕の力だけで自分の身体を持ち上げることなど、とうてい咲千子にはできない。でも、なんとかして鉄棒の上に上がらなければならないのだ。咲千子は鉄棒を握った手を少しずつずらして端まで移動した。思いつく方法は、もうこれしかない。鉄棒の支柱に足を絡ませて、よじ登る方法に出た。試験官も後に続く受験者たちも、その恥も外聞もない姿に驚き、目を点のようにして見ているに違いない。そう思ったが、そんなことにかまっていられない。もう必死だ。

汗びっしょりになりながらなんとか鉄棒の上によじ登り、腕立ての状態で構えることができた。次は回り技である。その状態から腕立て前回りに挑戦した。勢いをつけて、

「えいっ」

一回転して元の腕立ての状態に戻らないといけないのに、身体は下を向いたままで、どうがんばっても起き上がることができない。ただ、頭が下を向いたままゆらゆらと大きく揺れるばかりだ。

「一番さん、もういいですよ。降りてください」

試験官が時間の無駄だとばかりに冷たく告げたが、咲千子は粘った。でも何度やっても起き上がることはできない。汗と一緒に涙が落ちる。悔しくて恥ずかしくてたまらなかった。咲千子は仕方なく諦めて、その体勢から足を回してゆっくり着地した。鉄棒から手を離した途端、ふらふらとよろめいて試験官に支えられた。

その後も咲千子同様、悪戦苦闘する受験者はいたが、試験官が途中で制止するか、自分からやめる者ばかりだった。咲千子は余計に惨めになった。

午前中の最後の試験は、第二体育館に移動して行われた。

「ここでは来年度から体育の授業に取り入れられる『即興表現』の試験を行います。『軽くて硬い感じ』か『重くて柔らかい感じ』のどちらかを身体の動きだけで一分間で表現してください。始める前にどちらを表現するのかを言ってから、開始してください」

　これは、咲千子が全く予想していない課題だった。短大の授業でもやったことがない。初めて聞いた。前もって分かっていれば、練習できたのにと悔やまれたが、しょうがない。しかも、咲千子は一番である。誰かの演技を見て参考にすることもできない。

「では、一番の人。中央に出てください」

（えっ、もう始めるの？　考える時間はないの？）と、咲千子は焦った。もうこうなったら、できることをやるしかない。そう決心して、

「軽くて硬い感じを表現します」

　と告げて、動き始めた。動きながら軽くて硬い物を思い浮かべようとしたが、全く思い浮かばない。「軽いんだから、風に飛ばされる物だ」と、くるくると回転したりぴょんぴょんと跳びはねたり……。「でも硬いんだ。だから身体をピンピンにして」と、そんなことを考えながら、とにかく動き回った。（一分間ってこんなに長いの？）。息が切れてきた。足ももつれる。転びそうだ。早く終わって。笛よ、鳴って。

　ピーッ。

「はい終わりです。お疲れ様でした」

息が苦しい。クラクラする。体育館の端に戻った咲千子は、座り込んだまましばらく動けなかった。汗がだらだらと流れる。息が整ってきてようやく顔を上げたら、同じ短大で隣のクラスの真鍋（まなべ）さんが演技をしているところだった。真鍋さんのその斬新な動きは、見ただけで重くて柔らかい感じが伝わってくる。床にへばりつくようにうねうねと這う様子は、アメーバのようでもあり、イグアナのようでもあるが、それとはまた違う物体を連想させる。「真鍋さんって体育得意なんや。それに身体、柔らかいなあ。私にはない発想や……」と、とにかく感心してしまった。

昼食休憩は、昨日と同じメンバーで集まった。咲千子は食欲がなかった。持参した菓子パンを二口ほど口にしたが、それだけで吐きそうになった。鉄棒と即興表現の心身へのダメージは大きかった。そこへ放送が入った。

「受験者のみなさんにお知らせします。午後の水泳試験は予定通り実施しますので、一時までに着替えを済ませ、プールサイドに集合してください。なお、ゼッケンは必ず見える所に付けてください」

「こんな雨でも水泳やるんや」

「最悪やあ」

「嫌やあ〜」

悲鳴のような声があちこちから上がった。咲千子も内心、中止になることを期待していたので、がっかりした。窓の外を見ると、朝よりも雨脚が強くなったように感じる。

傘を差して運動場を横切ってプールまで行く。足下はびしょびしょだ。薄暗い更衣室で水着に着替えながら、「飛び込みは嫌やなあ。きっと失敗するなあ」と暗い気持ちになっていた。

「こんな雨の中、泳がせるなんてほんま非常識やわ」

声がした方を見ると、真鍋さんがゼッケンを付けながら友達と話していた。

「風邪でもひいたらどうしてくれんのって話や」

強い口調だ。（真鍋さんはひょっとしたら水泳は苦手なのかも）と咲千子は思った。真鍋さんの言うことに、同感だ。できることなら今からでも中止になって欲しい。重い足取りでプールサイドに集合した。

雨はいっこうにやむ気配はない。試験官が傘を差して、上着を着てやって来た。ブーイングでもしたい気分だ。

「今から水泳の試験を始めます。最初は逆飛び込みです。一人ずつ実施します」

Ａグループから始まった。雨の中じっと待っていると、

「逆飛び込みとか、今は禁止してる学校がほとんどなんやって。事故もあったし。それやのになんで試験があるんか分からへんわ。意味ないねん」

また、真鍋さんの声だ。

「なんか、溺れている子がおったらすぐに飛び込んで助けられるかを見るようやで」

友達が答えると、

「そんなん、足から飛び込んでも一緒やん。逆に頭から飛び込んだ方が底に激突するかもしれへんから危険やねんって」

「それもそうやなあ」

咲千子は二人の会話に妙に納得しながら（この試験の意味はなんなのかなあ）と思った。

「では、Ｂグループのみなさん、準備してください」

試験官が告げた。咲千子は一コースのスタート台に上がった。

（どうか膝が曲がりませんように）

ピーッ。

「えいっ」と、思い切ってスタート台を蹴ったが、やはり膝が曲がり、水面でおなかを思い切り打った。おまけに鼻に水が入って、頭がキーンとして痛い。水面に顔を出して咳き込んだ。そのとき、真鍋さんがスタート台に立つのが見えた。なんかかっこいい。笛の合図で飛び出した姿は、「美しい」の一言だった。すっと伸びた腕と身体と足。見事な弧を描いて水面に吸い込まれていった。まわりの受験者から、

「おおー！」

ため息のような感嘆の声が上がった。もともと手足が長くスタイルの良い彼女だが、それがさらに大きく美しく見えた。

「すごい！　かっこいい!!」

咲千子は思わず、胸の前で拍手した。プールサイドに上がって次の試験の順番を待つ間

に、真鍋さんに話しかけた。

「すごいね。水泳も得意なんやね」

「得意っていうか。私、実家が鳥取県の海沿いやねん。小さい頃から遊びで海に潜って魚取ったり防波堤から飛び込んだりしてたし、自然と身に付いたんやわ」

「そうなんやあ。だから飛び込みも、すごくかっこよかったんやね」

「でもな、こんな雨の日は絶対に海には入らないんよ。近づくこともしなかった。波にさらわれたら終わりやからね。命を落とすこともあるんやから。そやから、この試験は命がけやわあ」

と笑った。でも半分は怒っているように聞こえた。

「次は、二十五メートルを泳いでもらいます」

試験官が告げたとき、遠くで雷鳴のような音が聞こえた。

「今のって、雷ちゃう?」

誰かが言ったが、雷もその声も聞こえなかったのか、試験官はその先を続けた。

「平泳ぎかクロールで息継ぎをして泳いでください。底に足が着いたら、その地点で立って止まってください。八人ずつ泳ぎます。飛び込んでもプールの中からスタートしても、どちらでもかまいません。笛の合図でスタートしてください」

さすがに試験官も傘を差すのをやめたらしい。もう傘はなんの意味もないくらい、雨が強くなってきたのだ。

咲千子たちの番が来た。咲千子は当然プールの中からのスタートを選んだ。見るとスタート台に立っているのは真鍋さんとあと一人だけで、他の六人はプールの中でスタンバイしている。ほっとした。

「よーい」

ピーッ。

スタートした。咲千子はクロールを選んだ。平泳ぎは短大の授業で「カエルが溺れかかってるぞ。カエルの赤ちゃんでももっとうまいぞ」と、講師に皮肉を言われた。「カエルの赤ちゃんはオタマジャクシだから平泳ぎなんかしません」と言い返そうと思ったが、もっと皮肉を言われそうなので、やめておいたのだった。

腕を伸ばして、足は付け根から一本の棒のように動かす……と泳ぎ始めたときは、教わったとおりに泳ごうとしていたが、息継ぎをしてもうまく空気が吸えなくなり、だんだんばたばたと不格好に手足を動かすはめになった。とにかくゴールまではと、がむしゃらに泳いだ。二十五メートルは今までも何度か泳いでいるので大丈夫と思っていたが、こんなに苦しいのは初めてだった。それでもなんとかゴールの壁にタッチした。息が苦しい。水に入ったまま息を整えた。重い足を引きずるようにしてプールサイドに上がると、まだ、三人が泳いでいる最中だった。三人とも、息継ぎのたびに身体が沈み、今にも足が底に着きそうだ。沈んでは浮き上がりを繰り返している。そのとき、余裕でゴールしたであろう真鍋さんが、すっくと立ち上がり、

「がんばれー！　あと少し。がんばれー！」

と、声援を送り始めたではないか。三人のうちの一人は、真鍋さんと話していた友達のようだ。雨の音と真鍋さんの声。そして雷鳴。映画の一場面を見ているようだった。残念ながら一人は途中で立ってしまったけれど、あとの二人はなんとかゴールできた。咲千子は胸の前で、小さくガッツポーズをした。

すべての受験者が泳ぎ終わったそのとき、閃光と共に、すぐ近くで雷が大きな音を立て

た。空気がビリビリッと震えた。

「きゃー」

悲鳴が上がった。試験官たちが集まって、何やら相談している。そしてようやく、

「受験者のみなさんはすぐに更衣室に入ってください。着替えが終わったら体育館に集合してください」

ハンドマイクで怒鳴るように言い、自分たちもそそくさと引き揚げていった。

「ほんまに、私ら命がけやんか。雷落ちたらどうしてくれんのよ」

真鍋さんが試験官の背中に届くくらいの大きな声をあげたが、雷鳴でその声もかき消された。


濡れた髪のままバスに乗り帰路についた咲千子は、身体もだるかったし、気持ちも重かった。「早く帰ってお風呂に入りたい。寝たい。何も考えたくない。もし受からなくても、もう二次試験はまっぴらや」。そんな投げやりな気持ちになるくらい、疲れて果てていた。

その後、教育委員会からはなんの連絡もないまま、冬休みに入った。一緒に試験を受けた短大の友人にも、知らせはないとのことだった。もう少し待っていればいいのかと思いながらも、（もしだめだったのなら就職先を探さなければならない）と考え始めていた。父親からも、「親戚が役員をしている会社に紹介することもできる」というような話を聞かされていた。両親は口には出さなかったが、「咲千子はあかんかったんやろ。なんとかしてやらんと」とかなり気を揉んでいたはずだ。

クリスマスが近づいたある日、ようやく教育委員会から電話がかかってきた。

「来年度の教員採用者名簿に名前が登載された。後日届く書類に詳しいことが書かれている。提出期限までに教育委員会宛に返送するように」

というものだった。

「合格しました」とか「不合格でした」という連絡が来ると思っていたので、最初に聞いたときは意味がよく分からなかったが、要するに試験に合格したということだ。咲千子は、受話器を置くと、

「よっしゃ〜！　受かった〜！」

大声で叫んでガッツポーズをした。そして、

「やった。やった。やった」

歌いながら部屋中をスキップしてまわった。

「私、合格したんや。鉄棒も水泳もひどかったのに。やったー！」

咲千子は、がむしゃらに、無我夢中で恥も外聞も恐れずに何かに挑んだのは、あの二次試験がおそらく生まれて初めてだった。幼い頃からなんでもそれなりにできた。できないことは、それ以上やろうとしなかった。失敗するのが嫌だったし、怖かったし、かっこ悪いと思ってきた。でも、あのときは違った。かっこ悪くても嫌でも怖くても、やるしかないと思えた。それだけ「先生になる」ことに強い思いを持っていたのだ。結果より、どれだけ真剣に、一生懸命取り組んでいるかを、評価してもらえたんだと思った。この時の経験はその後、咲千子が教師として子どもたちを指導するときの、大切な視点の一つとなった。

卒業式を終えた三月、教育委員会から再度連絡があり、「京都府庁の教育委員会に来るように」と言われた。当日教育委員会では、一人ひとりに赴任先の教育局が知らされた。その足で同じ局になった数名の新規採用者たちと一緒に、京都駅から奈良行きの電車に乗った。電車の中で、名簿に登載されたけれど、結局採用されないままの人もいる、という話を聞き、「ずっと連絡を待っていて、結局就職活動もできなかった人はどうするんだろう。それなら『不合格』ともっと早くに知らせるべきなのに」と、複雑な気持ちになった。

咲千子は、京都駅以南に行くのは初めてで、土地勘もなく不安だらけだったが、同じ電車にあの真鍋さんや短大の同級生が数名いたのでほっとした。教育局に着くと、赴任先の校長先生と教頭先生が迎えに来ていた。連れられて行ったのは、京都府南部の人口七万人ほどの市にある学校だった。そこは、全校児童が千名以上の大規模校で、担任するのは一年生であると告げられた。

先輩教員たちに、手取り足取り教えてもらいながら迎えた入学式。入学式の記念写真には、子どもたち以上の笑顔で写っている咲千子が……。

「担任が一番うれしそうやなあ」

校長先生に冷やかされた。

私、小学校の先生になった！

咲千子はついに、小さい頃からの夢を叶えたのだ。

# 第二章　夢の続き

## 新米先生が泣いた

幼い頃からの夢を実現させ、「小学校の先生」となって、不安ながらもやる気いっぱいで歩み出した咲千子。一年二組の三十九名の子どもたちの担任。名前を早く覚えようと、名簿順に子どもたちの名前を何度もノートに書き上げたり、子どもたちが帰った後の教室で、子どもの顔を思い浮かべながら、名前を暗唱したりした。一年生はまだ文字を習っていない。そのため、ノートやファイルなど、ありとあらゆる物に担任が記名する。その作業はなかなか大変だった。けれど、名前を覚えるにはもってこいだった。

四月の終わりの放課後、職員室で子どもたちに渡す遠足のしおりに名前を書いていると、「そうやって名前を書くのは、正直大変な作業やなあ。他の学年ならやらんでもええことや。面倒やなあ」

教務主任がそばに立って咲千子に話しかけた。国語教育では名の通った実践家で、先輩の先生方も一目置くような先生だ。当時五十名近い職員が働いていたその学校では、一日一度も話をする機会のない先生方も多かったので、正直、話しかけられたことに驚いた。

「でもな、名前を書きながら、今日一日のその子はどんな様子やったかなあ。楽しそうやったかなあ。困った顔してなかったかなあ、と思い出してみるんや。なんにも思い浮かばへん子がおったら、それはその子を全く見てなかったということや。そしたら、明日は一番に、その子に話しかけてみなあかん。そんなことを考えながら作業したら、ものすごう値打ちのある作業になるんやで」

大先輩の助言に、

「は、はい。そうですね。がんばります」

咲千子は緊張して、こう答えるのが精いっぱいだった。『どんな作業でも、子どものためにしていることには意味がある。無駄な作業などない』と教えてくださったのだ。この教えは、この後の咲千子の座右の銘の一つとなった。

一学期も半ばを迎えた日の、休み時間のことだ。外で遊んでいた数名の子どもたちが、どやどやと教室に戻ってきた。教室の後ろの掲示物を貼り替えていた咲千子は、何事かと振り向くと、数名の友達に囲まれて、こっちゃんが大泣きしている。

「せんせい！　こっちゃんな、おっきいこにひどいこといわれはってん」

とき君が、顔を真っ赤にして訴える。

「ひどいことって？」

咲千子がしゃがみ込んで、こっちゃんの涙をぬぐってやりながら尋ねると、

「あんな、三ねんせいくらいのおとこのこたちがな、『でぶ』とか、『ださっ』とか、こっちゃんにいわはってん」

こっちゃんと手をつないでいるまゆみちゃんが、付け加える。こっちゃんの泣き声はさらに大きくなる。子どもたちの話をまとめると、みんなでなわとびの練習をしていたら、三年生くらいの男の子二人がそばに来て、こっちゃんが練習している様子をにやにやしながら見ていた。やがて、「でぶ、ぶす、跳べるはずないやろ」などと大声で言いながら、

げらげらと笑った。最初は我慢していたこっちゃんだが、何度も言われてついに泣き出した、ということらしい。それで、一緒に練習していた子たちは、大泣きしているこっちゃんをなぐさめながら、教室に連れて帰ってきたのだ。

「こっちゃん、かわいそうやった」

と、ゆかこちゃん。

こっちゃんは、ちょっぴりふくよかで、運動は苦手な女の子。でも、がんばり屋さんで、体育の時間に前跳びが三回できたのがうれしくて、もっと跳べるようになりたいと、休み時間も友達と一緒に練習していたのだ。「そんなこっちゃんに向かって、よくもそんなひどいことを！」と、咲千子まで腹が立ってきたが、それでは子どもと同じレベルだ。さあ、どうする咲千子……。「子どもたちに、同じクラスの友達の涙を見てどう思ったかを問いかけてみよう。こっちゃんの気持ちを共有させたい」、そう考えた。

まだヒクヒクとしゃくり上げているこっちゃんの背中をなでながら、椅子に座らせて、子どもたちに呼びかけた。

「みんな、座って。一緒に考えて欲しいことがあります」

次の時間は算数だ。でも、「算数より大事な勉強だ。後回しにはできない」と、咲千子は自分に言い聞かせた。六クラスある一年生の中で、咲千子のクラスは算数が一時間遅れている。「足並みをそろえないと、保護者からも不安の声が上がるのが一年生です。特に新採の先生のクラスは何かとうるさいから、気を付けて」と、学年主任からは釘を刺されている。

それでも、後回しにはできない。咲千子の真剣な様子に、子どもたちは静かに次の言葉を待っている。

「こっちゃんが、泣きながら教室に戻ってきました。理由は、なわとびを一生懸命練習していたのに、とても嫌なことを言われたからです」

「そうやで。でぶ、とか、ぶす、とか、ださいとかいわれてん」

とき君が、少し冷静になって付け足す。

「こっちゃん、どんな気持ちだったか話せる?」

「……いややった……」

また泣き出しそうである。一年生の語彙は少ない。悔しいとか、腹が立つとか、悲しいとか、さまざまな気持ちが混じり合った「いややった」なのだ。

「とっても嫌だったんやね。みんなはこっちゃんの涙を見てどう思う?」

次々に手が挙がる。

「くやしい」

「はらがたつ」

「なんでそんなん、いわれなあかんの」

「こっちゃん、かわいそう」

「こっちゃんは、がんばってるのに、そんなこというのはひどい」

「ぼくもおなじです」

「わたしもおなじでひどいとおもいます」

咲千子は、友達と同じ意見でも、どんどん発言させた。「〇〇ちゃんと同じです」。これだって大切な考えの表出だ。

「一緒にいた友達が、なぐさめてくれたんやね。一緒に戻ってきてくれたね。ありがとうね」

作文が自由に書ける年齢なら、すぐに紙を渡して、自分の気持ちやこっちゃんにかける言葉を書かせた。それがまだできないこの子たちは、声に出して語ることが大切な手段だ。

「みんなは、こっちゃんになんて言ってあげたい？」

「きにせんとき」

「いやなことというひとには、しらんかおしたらいい」

「なわとびのれんしゅうがんばって」

たくさんの子どもたちが、こっちゃんに言葉をかけた。こっちゃんにもようやく笑顔が戻った。でも、こっちゃんにひどい言葉を投げつけた子たちのことは放っておけない。咲千子は次の日の休み時間に、その子たちを見つけて話をしようと考えていた。

そして次の日。子どもたちは昨日と同じように、なわとびを持って校庭に飛び出していった。咲千子も外に行こうと教室を出たところで、

「さちこ先生、緊急で学年の打ち合わせ。算数テストのことらしいけど。職員室に集合だって」

と、隣のクラスの先生に声をかけられた。子どもたちのことが気になりながらも、職員

室に急いだ。そして、打ち合わせが終わると同時に、三時間目開始のチャイムが鳴ってしまった。こっちゃんたちのことを気にしながら大急ぎで教室に戻ると、笑顔のこっちゃんと、何やら得意げな顔で、咲千子を見つめる子どもたち。

「ごめんね。先生行けなくて」

そう言おうとしたとき、

「せんせい、ぼくたちこっちゃんをまもったで！」

「また、いやなことといってきたから、みんなで、『そんなこというな！』『どっかいって』ていったらな、どっかいかはってん」

「みんなで、『わるくちいわんといて！』ってなんかいもいってんで」

「あのひとたち、さんねんいちくみです」

「なふだみたらわかった」

子どもたちが口々に、そのときの様子を伝えてくれる。その声を聞きながら咲千子の目から、ぽろぽろと涙がこぼれた。

「こっちゃん、ほんと……？　みんながまもって……くれたん……？」

もうここから言葉が続かない。大きな息を吸って、

「ありがとね……。みんなえらかったなあ……。こっちゃん、よかったなあ」

そう言うのが精いっぱいだった。突然泣き出した咲千子に、子どもたちはびっくりしている。

「せんせい、どうしたん？」

子どもたちが、じっと咲千子を見つめている。もう一度大きく息を吸ってから、ゆっくりと、

「涙は、悲しいときに出るだけじゃないんよ。すごくうれしいときや、感激したときに、心が震えて出ることもあるんよ。先生は、みんなの優しさと勇気がうれしくて、感動したんよ。だから心が震えて泣いてるんよ」

涙をぬぐいながら、笑顔で答えた。

新米さちこ先生の初めての涙は、感動の涙だった。

咲千子は、昼休みに三年一組に出かけていって、担任に今回の出来事を伝えた。その担任は咲千子の二年先輩で、着任当初から頻繁に声をかけてくれて、咲千子の相談に乗って

くれていた。すぐに該当の子どもたちに事実を確認して指導した。その子たちは、咲千子の教室まで来て、こっちゃんに謝った。

　次の日の給食時間、子どもたちの連絡帳に目を通していると、その中の一冊に、長い手紙が書かれているのが目にとまった。家庭訪問のときに、「新米教師が担任で不安だ」と遠回しに言った、えりちゃんのお母さんからだった。何かのクレームかと、ドキッとしてかっと身体が熱くなったが、そこにはこう書かれていた。

『先生いつも絵里(えり)がお世話になります。昨日帰ってくるなり、「先生が泣いた」と言うではありませんか。「なんで？　誰かがいじわるしたの？」と聞くと、こっちゃんの一連の出来事を興奮して話してくれたのです。子どもたちに、とても大切なことを教えて頂きました。子どものために涙を流してくれる先生。私まで感動しました。どうかこれからもよろしくお願いいたします』

　咲千子は、また涙があふれそうで、汗を拭くふりをしてタオルを顔に当てた。

　この出来事をきっかけに、子どもたちは一年生なりのクラス意識を持ち、まとまりを見せ始めていた。咲千子も、子どもたちのことがかわいくて、愛おしかった。この頃の咲千子はとにかく何事にも一生懸命で、がむしゃらだった。

保護者にも恵まれていた。一生懸命で、熱意とやる気がほとばしっていた咲千子ではあったが、〝どうも頼りなくて、なんとかしてやらなくては……〟、という気持ちだったかもしれない。あるお父さんからは、学期末ごとに長い励ましのお手紙をいただいた。また、あるお母さんからは、学級通信の文字を大きくして、子ども向けのコーナーを作ると、子どもたちも一生懸命読もうとすることを助言していただいた。学級で集団遊びや出し物をする『お楽しみ会』に、飛び入りで、人形劇を披露してくださったお母さん。手作りのお菓子を差し入れしてくださったお母さん。子どもの問題行動があり、そのことで家庭訪問したら、子どもにしっかりと話をした後で、「先生、ちゃんとご飯食べてるか?」と、咲千子の通勤用の自転車ごと車に乗せて、家族総出で町中華のお店に晩ご飯を食べに連れて行ってくださったお父さん。連絡帳に励ましの言葉を書いてくださったり、学級通信の感想を寄せてくださったり……。

子どもたちと共に成長していく〝新米さちこ先生〟を、温かく見守ってくれた人たちがたくさんいた。

その後も教員生活の中で、子どもたちの前で泣いたことが何度かあった。一度は初めて六年生を担任したときの卒業式で、「卒業生よりも泣いている」と、同僚に冷やかされた。もう一度は、いつもエンジン全開のようなエネルギッシュな二年生を担任したときのお別れ会。子どもたちがサプライズで『さちこ先生ありがとう』の紙芝居を披露してくれた後、手作りの金メダルをかけてくれたとき。このときも号泣だった。

他には、絵本の読み聞かせをしているときや、運動会の「よさこい、ソーラン」の圧巻の踊りを見たとき。まだあったかもしれないけれど、すべて、心が感動で震えたときに流した涙だ。

## さちこ先生、切磋琢磨す

咲千子が赴任した市は、どこの学校も若い教員が多かった。独身、二十代、一人暮らし。

こういう教員たちは、毎日遅くまで学校に残り、クラスの子どもの話や実践の話、保護者との関係の悩みなどを語り合った。まだ、宿直さんがいた時代で、時には宿直さんも一緒に、趣味や恋愛の話をすることもあった。

咲千子は、着任当初は、京都市の北区で姉と暮らしていた。そこからバスと電車を乗り継いで片道一時間半かけて通勤していた。十月のある日、過労が原因で仕事中に高熱を出してしまい、結局二日間仕事を休んだ。これを機に、職場まで自転車で十分で通えるアパートに引っ越した。お風呂は共同の五右衛門風呂。薪を燃やしてお風呂を沸かしてくれるのは、アパートに住んでいるおばちゃんたち。入浴料は一回百円。当時としても珍しいくらい古くて、時代遅れのアパートだった。しかも、お風呂場の建物は外にあり、すぐ横が二十四時間営業のファミレスの駐車場で、なんとも物騒だった。けれど家賃が安い、駅に近い、スーパーに近い、そして同じ職場の女性教員が一階に住んでいるという安心感から、即このアパートに決めたのだった。もう終電の時間を気にしなくてもよくなった。職場に残って、熱いトークの輪の中に入れてもらえることがうれしかった。このアパートで、三年間暮らした。

郵便はがき

料金受取人払郵便

新宿局承認

2524

差出有効期間
2025年3月
31日まで
（切手不要）

1 6 0-8 7 9 1

141

東京都新宿区新宿1－10－1

**(株)文芸社**

愛読者カード係 行

| ふりがな<br>お名前 | | 明治 大正<br>昭和 平成 年生 歳 |
|---|---|---|
| ふりがな<br>ご住所 | □□□-□□□□ | 性別<br>男・女 |
| お電話<br>番号 | （書籍ご注文の際に必要です） | ご職業 |
| E-mail | | |
| ご購読雑誌（複数可） | | ご購読新聞<br>新聞 |

最近読んでおもしろかった本や今後、とりあげてほしいテーマをお教えください。

ご自分の研究成果や経験、お考え等を出版してみたいというお気持ちはありますか。

ある　ない　内容・テーマ（　　　　　　　　）

現在完成した作品をお持ちですか。

ある　ない　ジャンル・原稿量（　　　　　　　　）

| 書　名 | | | | | |
|---|---|---|---|---|---|
| お買上<br>書　店 | 都道<br>府県 | 市区<br>郡 | 書店名 | 書店 | |
| | | | ご購入日 | 年　月　日 | |

本書をどこでお知りになりましたか?
1.書店店頭　2.知人にすすめられて　3.インターネット(サイト名　　)
4.DMハガキ　5.広告、記事を見て(新聞、雑誌名　　)

上の質問に関連して、ご購入の決め手となったのは?
1.タイトル　2.著者　3.内容　4.カバーデザイン　5.帯
その他ご自由にお書きください。
(　　)

本書についてのご意見、ご感想をお聞かせください。
①内容について

②カバー、タイトル、帯について

弊社Webサイトからもご意見、ご感想をお寄せいただけます。

ご協力ありがとうございました。
※お寄せいただいたご意見、ご感想は新聞広告等で匿名にて使わせていただくことがあります。
※お客様の個人情報は、小社からの連絡のみに使用します。社外に提供することは一切ありません。

当時はほとんどの教員は教職員組合に加入しており、同じ職場の信頼できる先生方も、学習会やサークル活動に参加していた。咲千子も組合に加入し、学習会に積極的に出かけていった。そこでも、バリバリと精力的に活躍している多くの先生たちの姿に憧れた。教材分析、指導の技術や学級作りの方法など、学んだことを自分もすぐに実践してみる日々が続いた。

それは、ある学習会で大先輩の実践家から言われた一言が心に刺さったからだった。一年生の男児がのぼり棒が登れた瞬間の喜びを、レポートに書いて発表したときのことだ。友達に応援され、必死でがんばる男児。「がんばれ、がんばれ」の大合唱の中、てっぺんまで登れた瞬間、クラスみんなで拍手して大喜びしたことを、得意げに報告した。

そんな咲千子に、「そこにあなたの情熱はあるけれど、教育技術はない。情熱だけで子どもに知識や技術を身に付けさせることはできない」と、一刀両断された。意気消沈していると、まわりの参加者が付け足した。「『がんばれ、がんばれ』と言われても、何をがんばったらいいのか、子どもには分からない。手の使い方、足の使い方、視線、そういうことをきちんと教えることが体育の学習ですね」「その子のがんばりと、まわりの子たちの応援は、クラス作りができているということかもしれないけれど、あなたは登り方をどう教えたのですか？　叱咤激励と根性だけでは登れないこともありますね」

そうなのだ。咲千子に足りないのはこれだった。教育の大切な目的の一つは、子どもに知識や技術を獲得させることなのだ。教育技術、指導技術、指導者としての知識や教材の分析。自分にはこれらがもっともっと必要だと気付かされたのだ。

次に赴任した学校では、教員になって三度目の一年生の担任になった。この学年には、知的障害、自閉スペクトラム症、肢体不自由、難聴などの障害を持った子どもたちが複数いた。けれどその学校にはまだ特別支援学級（当時は障害児学級）が設置されていなかった。保護者の中には、特別支援学級の開設を強く望んでいる方もおられた。学校としても、この子たちの発達も学習活動も保障するために、特別支援学級の開設が急務だった。咲千子たち一年生の担任三人は、開設に向けて子どもはもちろん、保護者とも信頼関係を築いていくことが第一歩だと考えていた。三人は、入学式のずっと前から対策会議を何度も開いた。

咲千子はここでも同僚に恵まれた。担任の一人は、四人の子育てをしながら、きめ細やかで、懐の深い指導で定評のあるお母さん先生。もう一人は、咲千子と同い年の男の先生。形にとらわれない柔軟な発想と、子どもたちがわくわくするような指導で定評がある。二人とも、いつも子どもの立場に立って物事を考える素晴らしい先生たちだ。

咲千子たち三人は、支援が必要な子どもたちを取り残すことなく、みんな一緒に成長していける授業作り、仲間作りを追求していった。日常の学校生活の中で、障害を持った友達が一緒に学んでいると、当然戸惑いや差別的な感情も生まれる。けれど、それを大切な教材として子どもたちに投げかけていく。思いやりや支え合いが生まれるような活動を仕組んでいく。時には校長先生に許可を得て、カリキュラムを変更することもあったし、教科書を使わないで学習を進めることもあった。

この取り組みと並行して、学校全体としては、当時文部科学省が打ち出した教育改革の目玉といわれた、「生活科」の研究を進めていた。生活科とは、一年生と二年生の「理科」と「社会科」を統合して作られた、新しい教科である。「みんなで一緒に成長していく学習活動」を生活科でも学習の根底に置きながら、二年間にわたって研究を深めていった。

大まかなカリキュラムはあるものの、当初は教科書もなかった。同僚たちと一から作り上げていく研究活動は多くの発見があった。そしてより探究心が高まった。

咲千子たちは、「お互いが育ち合う中で、知識と技術を身につけ、科学的な物の見方を育てる」ことを目指した授業を研究し、その実践記録をレポートにまとめた。その作業は、二年間の自分たちの実践を振り返り、分析し、検証し、次につなげるものとなったし、子どもたちの成長記録でもあった。

咲千子は、この実践を、組合の全国教育研究集会で発表する機会を得た。全国から集まったたくさんの先生たちを前にして、ステージに立ったときは緊張で足が震えた。それでも、話し始めると子どもたちの姿がありありと目に浮かんできて、自分でも生き生きと発表していることに驚いた。さらに、この発表が注目され、他校の実践と共にレポートが書籍化されることになったのだ。これはもちろん咲千子一人の力ではない。一緒に研究を進めた同僚たちの成果だ。レポートのタイトルは『仲間と共に育つ子どもたち　生活科の二年間の取り組み』。出来上がった本が手元に届いたときは、お世話になった方々に感謝の気持ちでいっぱいだったし、一緒に学んだ子どもたちを誇りに思った。

そして、次の年度には、特別支援学級が開設された。咲千子たちが教えた数名の子どもたちも、その学級の仲間となった。

翌々年には、理科教育の研究発表会で、多くの先生方の前で、三年生の「音」の授業発表を行った。同僚や知り合いの先生方にアドバイスをもらいながら、自分でも「音」についてさまざまな文献を読んだ。教材開発のために、資材屋さんをはしごしたり、身近な物が使えないかとアンテナを張り巡らせたりしていた。このときの授業で、父が飲んだ焼酎の二リットル入りペットボトルを実験に使ったことを思い出す。八本も取り置いてもらったのだ。おかげで実験は成功して、「音は反射する」ということを子どもたちが発見できたのである。教具は思わぬ所に転がっているものだ。

この頃は、同僚にも恵まれていたし、学ぶことが楽しくもあり、学んだことを実践できる喜びとやりがいを感じていた。咲千子の教員生活は充実していた。

先生になって五年目の二十五歳の春、咲千子は結婚し、「本村(もとむら)咲千子」から「上山(うえやま)咲千子」になった。妻と教員の二足のわらじを履くことになった。そして、結婚二年目に長女、七年目に長男が誕生した。育児休業明けの日々は、毎日がくたくただった。教員として、母親として、妻としてと、本当に忙しい毎日を送っていたのだ。しかも、子どもたち二人は、食物アレルギーがあり、ほぼ毎日給食の代用食を手作りして保育所に持参していた。育児、家事、そして仕事。夫ももちろん協力してくれたが、「一日が二十四時間では足りな～い！　目が腐るほど眠りた～い！」と通勤中に車を運転しながら、何度叫んだことか。当然、学習会への参加もままならず、学習するということそのものからも遠ざかっていた。中堅と言われる年代になり、自分の実践に慢心しそうな日々を送っていた。

この頃出会ったのが、衝動性や突発性を持った子どもたちだ。それまでの咲千子のやり方では通用しない子どもたち。咲千子が作った枠からはみ出してしまうのである。チャイムが鳴っても教室に戻ってこないで遊んでいる子。突然隣の席の子をパンチする子。机をひっくり返して大泣きする子。授業中ずっとしゃべっている子。立ち歩きや暴言……。「先生の言うことは聞くものだ」なんていう、大人の常識が全く通用しないのだ。

咲千子は、実践に行き詰まっていた。とにかく悩みを聞いてもらいたいという気持ちで、なんとか時間を作って学習会に出かけていった。すると、多くの参加者が同じような悩みを抱えていることが分かった。はじめは、家庭環境や担任の指導に問題があるのではないかと考えていたけれど、ベテランの実践家と言われる先生方も、同じような壁にぶつかっていた。咲千子は、これはもっと根本的なこと、つまり、子どもの発達に何か原因があるのではないか、と思うようになっていた。教育界でも、「ＡＤＨＤ」や、「自閉スペクトラム症」などの言葉が使われるようになってきていた。学校や教師の定めた枠にはめるのではなく、「一人ひとりに合った指導や支援の仕方」「型通りの既成概念にとらわれない指導方法」「個に応じた指導」「個別支援」ということが、頻繁に言われるようになっていた。

その子の立場に立って、その子に合わせて考えてみると、その子に合った指導方法、支援の仕方が見えてくる。いわゆる〝困った子〟ではなく、〝困っている子〟という捉え方だ。咲千子の指導方法は、発達について学ぶにつれて、クラスの一人ひとりの、特に〝困っている子〟に重点を置いたやり方に変わっていった。指導者やまわりのペースに無理に合わせようとするのではなく、その子の状況をしっかりと把握し、「待つこと」「行動だけを見るのではなく、行動には必ず原因や理由があると考えること」、このことを常に心がけて、子どもたちに対応するようになった。

咲千子は子育てが少し落ち着いた頃、より専門的に学ぶために、特別支援教諭の免許も取得できる、通信教育を受講することにした。

レポートや試験、スクーリング。仕事をしながらの学びは大変ではあったが、専門的に学ぶことは興味深く、視野がぐんと広がった。レポートで良い成績をもらうと、素直にうれしかったし、スクーリングで若い人たちと机を並べると、良い刺激にもなった。意外なことに、咲千子と同年齢と思われる人たちも大勢受講していて、私もがんばろうと気持ちが高まった。

「いくつになっても勉強。自分に慢心することなく、学ぶ姿勢を忘れず、切磋琢磨は、子どもたちのため」。そんなふうに、常に前を向いて努力を惜しまない素敵な先輩や同僚が、咲千子のお手本だった。そして、いつか自分もそんな存在になりたいと思った。

## さちこ先生の後悔

「不登校」と呼ばれる子どもを担任すると、正直言って気が重く、知らないうちにため息をついてしまうことがある。それは、解決の糸口や正解といったものが分かりづらいからだ。何人か不登校（当時は登校拒否児童と呼んでいた）の子どもの担任をしたことがある。なぜ学校に来ないのか、来られないのかは、きっと、本人でさえはっきりと分からないのだと思う。「いじめがあるから」とか、「病気のために登校するのは難しい」とか、理由がはっきりしていれば、対処の仕方も明確になる。

今でこそ、「無理に学校に行かなくても、違う学び方がある」とか、「いろいろな生き方があるから、あなたはあなたのままでいい」と、学校がすべて、という考え方は大きく変わってきている。しかし、以前は違った。多くの学校では、登校拒否児童生徒がいることは、学校教育が否定されているようで不名誉なことだと考えられていた。多くの親は、自分の子が登校拒否児童生徒であることを認めたくなかったし、隠したかった。解決のゴールは、登校することだと考えていた。そして、そのための取り組みを進めていくことが当たり前だった。登校できない本人に、「休んでいいんだよ。行かなくていいんだよ」と、寄り添いながら言える大人は少なかった。

当時、咲千子は、不登校の子どもたちを担任すると、まず、家庭訪問、保護者との懇談、適度な登校刺激のための友達作り、と定石通りに一生懸命取り組んだ。不登校の子を持つ親の会に出かけて、親の思いを聞いた。講演会や研究会にも出かけた。そして、そこで学んだ方法で、なんとか登校できるようにとがんばったつもりでいた。しかし、状況は改善しないし、家庭訪問や友達からの手紙も拒否されたことがあった。「もう、放っておいてください」と言われたこともあった。それでも、放っておけずに電話をかけたこともあった。それが、その子のためだと思っていたのだ。

ある研究会で、咲千子の悩みを聞いていた助言者の一人が言った。

「それは、上山先生の自己満足でしょう。『こんなに心配しているのよ。だから学校に来てちょうだい。先生はあなたのことを一生懸命考えているのよ』という、自己アピールですよ。パフォーマンスですよ。誰のために学校に来て欲しいのですか？　あなたのためですか？　学校のためですか？　その子がなぜ学校に来ないのか、または来れないのかを知ろうとしましたか？　登校させることばかりを考えるのではなく、今その子に必要なことはなんなのかを考えないと、本人や保護者をさらに苦しめることになるのではないですか？　一教師が立ち入ることのできない問題を抱えていることもあるかもしれませんね。

それともうひとつ。自分一人の力で解決できるなんて、決して思わないことです。学校以外の力を借りることも必要でしょう。そうでなければ、上山先生自身も疲弊してしまいますよ」

厳しいことを言われたが、この助言者の指摘がすとんと胸に落ちた。そうだ、なんて独りよがりだったんだろう。子どもに何も寄り添えていない。自分がしていることが、さらに子どもも保護者も追い込んでしまっていた。「放っといてくれ」と言われるのも無理もないのだ。

では、どうするか。咲千子は悩んだ。でも縁あって担任となったのだ。つながりは切りたくない。「あなたのことを見守っている大人がここにもいますよ」という気持ちで、学校生活とは一切関係のないことを書いて届けた。世間話のようなことだ。好きな食べ物のこと、テレビ番組のこと、季節のこと、今話題になっていること……。読んでくれていたのかどうかは分からないけれど、「やめて欲しい」と言われることはなかった。

また、放課後なら登校できるという子どもとは、放課後の誰もいない教室で一緒にその子の好きなゲームをしたり、卓球やキャッチボールをしたりした。

現在は、「不登校」に対する考え方は大きく変わった。登校すること以外の選択肢もたくさんあるし、相談や支援の方法や場所も増えた。何よりも、「学校に行かないこともその子が選んだことだから尊重しよう」という捉え方に変わってきたことは、当事者にとっては大きな安心感につながるだろう。

新聞やテレビで「不登校」の報道に触れるたびに、あのときの子どもたちのことを思い出す。「うまく受け止めてあげられなくて、ほんとにごめんね」。後悔の念はどうしても拭うことができない。

## さちこ先生、悪戦苦闘す

咲千子の指導方法が、特別支援教育に重きを置いたものになってきた頃、新しい学校に転勤になった。特別支援学級の担任を希望したが、赴任してきたばかりで、しかも特別支援学級の担任の経験がない人には任せられないと、咲千子の希望は叶わなかった。

そして、三年生の担任となり学年主任を命じられた。三年生は、まだまだあどけなさが残っているが、集団生活を通して精神的に大きく成長する時期だ。三十名ずつの三クラス。他の二人の担任も転勤してきたばかり。咲千子は、すぐにクラス編成名簿と前年度からの引き継ぎ文書に目を通した。そして、驚いた。「個別の支援が必要」と書かれた子どもが、半数近くいたのだ。何らかの発達上の課題がある子や学力支援の必要な子もいれば、家庭環境に配慮の必要な子も。他のクラスも似たり寄ったり。前学年の担任は、退職や転勤のため、詳細を聞くことは叶わない。以前からこの学校に勤務している数名の職員からは、「とにかく、よう怒られてたなあ」「地域のお店の見学に行ったら、見学の態度が悪すぎて、苦情の電話がかかってきたことがある」「お年寄りとの交流会で、態度がひどかったと、校長先生に文句言ってはった」「授業中、教室からの飛び出しがよくあったなあ」「けんかやけががしょっちゅうあって、担任さんたちはその対応で大変そうやったよ」など、不安が増すようなことばかりを教えられた。

咲千子は、（この子たちは、怒られてばっかりだったんと違うかなあ。個別支援の必要な子がこんなにいるんだから、さぞかし先生たちは苦労しはったやろなあ。怒って叱るだけでは、現状は変わらないんだけどなあ……）と思った。三年生の担任三人は頭を抱えた。

始業式。その子たちの様子は、咲千子たちの予想をはるかに上回る状況だった。じっとしていない、話を聞いていない、立ち歩く、注意されてもいっこうに静かにならない……。体育館全体が騒然としている。咲千子が担任する学年だけがそういう状況ではなかったのだ。新年度の始まりの緊張感などとは、無縁の騒がしさである。今までに経験したことのない始業式だった。この学校、なかなか手強い。不安が一気に押し寄せた。

教室に移動して、子どもたちとの初めての顔合わせも、とにかく話を聞いてくれない。指示したことをしない。咲千子が前日から計画していた「初めましての楽しい活動」など、する余裕もなく、提出物を集めたり、配布物を全員に行き渡らせたりするだけで、ほとんどの時間を使うことになった。それでも、咲千子が一人ひとり子どもたちの名前を呼ぶと、目が合う子もそうでない子もいたが、全員がなんらかの返事をしてくれた。そして、「さようなら」の挨拶まで、教室から飛び出す子はいなかった。

「はあ～。疲れた～。まあ、今日はこれでよしとしよう」

自分を納得させて顔を上げると、男の子が三人残っている。咲千子に何か話したそうだ。

「あれ？　帰らないの？」

と尋ねると、一人の子が、

「上山先生かさちこ先生か、どっちで呼べばいいん？」

ちょっと照れくさそうに言う。

「さちこ先生、って呼ばれるのが好きだなあ」

「じゃあ、さちこ先生。何か手伝うことないですか？」

びっくりするようなことを言うではないか。

「え〜。うれしいなあ。ありがとうね。じゃあ、教室を掃くのを手伝ってくれるかな？」

と、頼んでみた。すると、三人そろって、

「いいよー」

三人はすぐに掃除ロッカーから箒を出して、床を掃き始めた。

咲千子の経験上、いわゆる「落ち着きのないクラス」は、なぜか散らかっている。ごみが次から次へと湧いてくるのである。今も床中、ごみだらけだ。いや、鉛筆や消しゴム、咲千子が配った学級通信まで落ちている。三人は慣れた手つきでそれらを掃き集めていく。

咲千子も手伝いながら、三人の名前を確かめたり、住んでいる地域を聞いたりしながら、いい時間が流れていった。十五分ほどして、かなりすっきりした。

「ありがとう～！　きれいになった。助かったわあ」

「さちこ先生、また手伝うことあったら言ってな」

そう言って、三人は帰って行った。咲千子は、ごみと化した学級通信をきれいに手のひらで伸ばしながら、「よし、早速、明日の学級通信にこのことを載せよう」と思いついた。それでちょっと、気持ちが前向きになった。

次の日からは、息つく暇もないような毎日が咲千子を待っていた。毎朝、子どもたちが登校してくるのを教室で迎えるのだが、荷物を片付けないまま運動場に飛び出していく子、登校中にけんかをしたとイライラしながら机を蹴飛ばす子、水筒のふたが開いていて、ランドセルの中が水浸しになって泣いている子、隣の席の子と言い争いを始める子……。朝の会が始まる前から、教室中が落ち着かない。

授業が始まれば、机の下にもぐって出てこない子、トイレに行ったまま戻ってこない子、教科書もノートも持ってきていない子、隣の子の鉛筆を勝手に取って投げる子……。そんな中でも、しっかりと話を聞いて、勉強に集中している子もいる（それはそれですごいことだと感心する)。その都度、一人ひとりに関わっていては、授業が進まないのは分かっているが、放っておくことができないのが咲千子だ。丁寧にその子に合わせて……。頭では分かっているけれど、モグラたたきのようになっている現状にあたふたしていた。

休み時間になれば、必ず誰かが泣いたり、怒ったりしながら教室に戻ってくる。理由を聞いても「あいつ、殺したる!」と荒れて、聞く耳を持たず。「そんなに腹が立つことがあったんやなあ。まあ。先生に話してごらんよ」と背中をさすったり、肩を抱き寄せたりしながら落ち着くのを待つ。落ち着くと、けんかの理由を話し始めるのだが……。その間、授業はできない。こんな子が何人もいるのだ。こんなことばかり繰り返していられない。でも、困っているのは子どもたち。どうしたらいいんだろう。

放課後、廊下を通りかかったスクールカウンセラーが、教室をのぞいた。考え込んでいる咲千子に、

「先生、大丈夫ですか?」

心配そうに声をかけてきた。

「あ、はい、大丈夫です。ちょっと考え事をしていました」

よっぽど悲壮な顔をしていたのだろう。（そういえばこの頃、笑ってないなあ。眉間にしわばっかりや）と、ほっぺたを叩いたり、口角を無理に上げたりして、気合いを入れた。咲千子は、その日一日の流れやスケジュール、授業の展開の順番などを、視覚的に捉えられるようにカードで示した。また、分かりやすく具体的な指示を出すよう、心がけた。学習の理解度に応じた課題を準備した。けれど、どうあっても、咲千子一人では対応しきれないのだ。職員室にも応援を頼み、補助教員に来てもらうこともあった。ただ、もっと大変なクラスや学年は他にもあったので、常時、咲千子のクラスに来てもらうことはできなかった。

そんな中でも、咲千子は毎日学級通信を発行した。朝の会で、学級通信に載せた子どもたちの作文や日記を読み合い、みんなで気持ちや考えを共有した。子ども同士のつながりが生まれるのだ。さらに「いいとこ見〜つけた」欄では、咲千子が見付けた子どもたちの素敵な姿を載せるようにした。終わりの会では、「今日のやさしさがんばりヒーロータイム」で、子どもたちが見付けた、友達の優しさやがんばっていた言動を発表し合った。お互いの良さを讃える拍手で、一日を終える。これをルーティンにした。

ともき君は、始業式の日、掃除を手伝ってくれた優しい子である。けれど、毎日のように遅刻する。授業中は机の下にもぐって眠り込んでしまうこともある。宿題を忘れることが多く、漢字の宿題は全くやらない。ある日の放課後、

「オレ、残って宿題やってもいい？」

咲千子のそばに来て尋ねた。

「おっ。宿題やる気になったん？　えらいやん。でも学校でやったら、宿題にならへんなあ……」

冗談めかして答えると、

「いいやん、いいやん。かたいこと言うなって」

と言って、「お助けコーナー机」（先生の近くで勉強したいときは、特別に座れる席。必ず奪い合いになるので、一日一回、じゃんけんで勝った子が座れる）に座ってランドセルから算数プリントを引っ張り出して早速やり出した。咲千子はテストの採点をしながら、時々のぞき込んで進捗状況を見守った。算数プリントが終わり、漢字ドリルとノートを出

して、ともき君は大きなため息をついた。

「疲れた？　ちょっと休憩したら？」

そう声をかけると、

「オレな、漢字きらいやねん。なんでってな、オレ、一年のときも二年のときも、授業中サボってたからな、漢字読めへんねん。そやし、ドリルに書いてある漢字、読めへんし、教科書も読めへん」

「…………」

咲千子は、返す言葉がすぐには出てこなかった。

（サボってたんじゃなくて、分からなかったんだ。だから机の下にもぐる。分からないまま三年生になったんだ。ともき君は困っていたんだ。それを自分のせいにしてきたんだ……。行動には理由がある）

心の声が聞こえた。

「だから、漢字の宿題やってこなかったん？」

ともき君は無言でうなずいた。咲千子は自分が情けなかった。今までどうして気付いてやれなかったんだろう。いったい私は何をしてたんだろう。ともき君はものすごく困っていたんだ。遅刻が多く、国語の時間にはまだ登校していないことも多かったので、音読をまともに聞いてあげることもしてこなかった。漢字の宿題をやってこないのも、ただの怠けと考えていた。

「ともき君、ごめん。ほんとにごめんな。先生分かってなかった。困ってたんやなあ。漢字ドリルとノート貸して。教科書も」

咲千子は、ともき君に謝りながら、ドリルの漢字にふりがなを付けていった。

「オレの家な、ぐちゃぐちゃやねん。学校の物とかどっかいって、見つからへんねん。教科書も、どこにあるか分からへん」

そういえば、教科書が机に出ていないことが多くて、隣の子に見せてもらってたなあ。そういう理由だったのか。

「お母さんに一緒に捜してもらわなあかんなあ」

何気なく言った咲千子だったが、途端にともき君の顔が曇った。触れてはいけないことだっただろうか。咲千子はそれ以上話すのはやめて、作業を続けた。

帰りが遅くなったので、ともき君を送りがてら、母親と話してみようと思っていた。しかし、住んでいるアパートが見えてくると、

「じゃあ、先生また明日。送ってくれてありがとう」

そう言うと、いきなり全力で駆け出した。

「あっ、ともき君」

その背中は、咲千子がアパートに来ることを明らかに拒んでいた。

学校に戻り、ともき君の一つ上の兄の担任に、家庭の状況を尋ねた。母親はかなり前からパニック障害を患っており、調子が良いときは外出もできるし、家事もこなせるようだが、いったん調子を崩すと、ほとんど横になっていて、家事も満足にできないということだった。母子家庭なので、頼る大人はいない。

家庭訪問したときは、調子が良かったんだ。「ともき君のいいとこ自慢をお聞かせください」と咲千子が聞くと、「優しくてよく気がついて、お手伝いをたくさんしてくれます」と、明るく話してくれたのに……。咲千子は、「自分は子どもの何を見ていたんだろう。『行動には必ず理由がある』のだ。もう一度ここに立ち戻れ！」と、自分を戒めた。

咲千子は、仲間作りもこの子たちにはとても大切なことだと感じていた。友達と一緒に何かを作り上げたりやり遂げたりしたときの達成感や、成就感を経験させたいと考えた。

二学期の半ば、学校は創立記念日を迎える。その式典で、各学年でステージ発表を行うことになっていた。咲千子たち三年生の担任は、子どもたちが大好きな『エルマーのぼうけん』の音楽劇に挑戦しようと話し合った。三クラスとも『エルマーとりゅう』『エルマーと16ぴきのりゅう』の三部作を読み聞かせしていた。登場人物は、二人がかりで動かす大型紙人形（ペープサート）で作る。この提案に、子どもたちは飛びついた。

初めての三クラス合同練習は、予想はしていたが、開始まで十分以上かかった。まず並べない、話が聞けない、隣同士でけんかが始まる、ふらりと出て行ってしまう……。ところが、ピアノが鳴り始めると、それに合わせてのびのびと歌い出した。音程はあやふやだが、とにかく声は大きい。歌うことが大好きだ。担任間で、「できるだけ叱らず、それぞれが、一日一つは褒めて練習を終えよう」と決めていた。それも功を奏した。日を追うに連れて、開始までの時間は短くなり、子どもたちも早く歌いたいと思うようになっているのを感じた。

ペープサート作りでも、もめ事やけんかがしょっちゅう起こった。「絵の具の色が違う」「もっと丁寧に塗れ」「ひじが当たった」「命令するな」……。よくこれだけけんかのネタを見付ける、と思うくらいだった。けれど、完成間近になると、けんかする時間がもったいないとばかりに、頭を寄せ合って黙々と作業するようになった。

そして、リハーサル。本番通りに体育館でひな壇に立って練習する。それまでは音楽室や多目的ホールでの練習だった。そのせいもあり、また、けんかや列からの離脱などがあり、開始までにかなり時間がかかった。でも、これは想定内。担任間で、「リハーサルの目的はその場に慣れること」と話し合っていた。初めての場所や環境は、誰でも戸惑うものだ。この子たちはそれが顕著なのだ。ペープサートを動かすタイミングや台詞の声の大きさなどを確認して、練習を始めた。ようやくみんなの声がひとつになってきたそのとき、ハプニングが起きた。ゴリラのペープサートが真っ二つに裂けてしまったのだ。ペープサートを動かしていた二人の息が合わず、お互いが反対方向に引っ張ったのだ。

「えーっ!!」

全員の目が点に。動かしていた本人たちは、もうパニック状態だ。みんなの「えーっ!!」を聞いてさらに動揺し、余計に振り回してしまい、かなりひどく破れてしまった。そして、一人が泣きながら体育館を飛び出してしまった。咲千子は、担任二人に後を任せて、急いで追いかけた。体育館の裏で、自分の髪の毛を引っ張りながら大声で叫んでいるひとし君を見付けた。

「ひとし君、びっくりしたなあ。大丈夫。大丈夫やから」

ゆっくり近づいていって、肩に手を置いた。

「あかん、あかん、むりや、むりや」

ひとし君は、地べたに座り込んで泣き出した。

「いきなり破れてびっくりしたなあ。でも、大丈夫やから。ちゃーんと元に戻せるからな。大丈夫やから」

「なおせへん、なおせへん、あかん、あかん」

「だって、紙でできてるんやで。だから、裏からガムテープで貼り付けたら直せるやん。先生も一緒に直すわ。手術しよ。大手術や」

そう言って、背中をパンパンと叩いた。

教室に戻ると、みんなも二回目の通し練習を終えて既に戻っていた。ひとし君は教室には入らず、廊下の端っこでみんなが下校するのを待っている。咲千子はいつものように終わりの会をして、リハーサルでのがんばりを褒めた後、「本番もがんばろう」と伝えて子どもたちを帰した。そのとき、一緒にペープサートを持っていたたすく君が、

「おれも直すわ」

廊下にいたひとし君に声をかけた。ひとし君はほっとしたようにうなずいた。こうして、咲千子と三人で、「大手術！　大手術！」と言いながら、裏からガムテープを頑丈に貼っていった。ゴリラは無事に復活。ひとし君とたすく君に、ようやく笑顔が戻った。

さあ、いよいよ本番だ。出番を待つ子どもたちは、緊張もあって興奮状態だ。こういうときにけんかが起きたり、鼻血を出したり、飛び出したりする子がいるのは、担任三人には想定内だった。しかし、そんな予想は良い意味で裏切られた。背筋をピッと伸ばして入場し、生き生きとのびのびと、堂々と発表しきったのである。来賓、保護者、在校生からは拍手喝采。「退場までが発表」と口を酸っぱくして言われてきたことをしっかりと覚え

ていて、満面の笑みを浮かべながら、速やかに退場した。体育館を出た瞬間、

「よっしゃー！」

跳びはねる子どもたち。担任三人もハイタッチ。この子たちの、本当の力を見付けたと思った。

映画やドラマなら、ここでエンドロール。めでたしめでたしである。ところが、現実はそんなに甘くはない。次の日からも咲千子はまた、悪戦苦闘の日々を過ごしていた。それでも、子どもたちの中に少しずつ変化が起き始めていると感じていた。

担任一人では対処できない、悶々とした日々。これは、決して特異なことではない。現にこのときの咲千子の勤務校では、毎日のように放課後に問題行動の報告会と、臨時の職員会議が開かれ、夜遅くまで保護者対応や対策会議に追われていた。体調を崩して休職する教員もいた。でも、困っているのは子どもたちだ。問題行動はそのサインだ。そのＳＯＳに気付いて、その子に合った方法で、困り事を少しでも軽くしてやることが、現時点で

はできていない、ということなのだ。もちろん学校だけではどうしようもないこともある。でも、咲千子は、自分にできることは何でもやってみた。支援員や学生ボランティアの応援もお願いして、ずいぶん助けてもらった。そのこと自体は本当にありがたかったが、それでも、子どもたちに十分に寄り添えなかったと思っている。咲千子の教員生活で、最も悩みもがいた一年だった。ただ、子どもたちからものすごくたくさんのことを教えられたのも、この一年だった。

咲千子の手を離れてからもこの子たちは、よく咲千子の教室をのぞきに来た。帰りがけに立ち寄って、話し込んでいく子もいた。「ここ、落ち着くわ〜」と、ほっこりして帰っていくのである。それは、この子たちが卒業するまで続いた。

## 夢の終止符

定年まで残り六年間となった三月。校長室に呼ばれた。

「上山先生、来年度なんだけど、支援学級を受け持ってもらえないかなあ」

「ええっ！　本当ですか？　担任させてもらえるんですか？」

胸の前で両手を握りしめながら、聞き返した。うれしいときの、咲千子の癖である。

「クラスが一つ増えることになって、去年から担任を希望してくれていた上山先生に白羽の矢が立ったんや。適任や。よろしくお願いします」

「ありがとうございます。他の担任の先生方に教えてもらいながら、がんばります！」

念願だった特別支援学級を、ついに担任できることになった。校長室を出た後も、

「やった！　やった！」とガッツポーズをしながら職員室に戻るほどだった。

始業式の日は、わくわくしながら子どもたちを迎えた。支援学級は四学級。担任四人で、『仲間の中で仲間と共に育つこと』を大切にしようと話し合った。子どもたち一人ひとりに寄り添いながら、仲間作りにも力を入れた。新しい指導方法の勉強をしたり、教材や教具の開発をしたりと、自分たちで作り上げていく教育活動は、自らを成長させていった。

不登校の子もいたし、衝動的ですぐに手が出る子もいた。病弱の子、肢体不自由のある子、知的な遅れのある子、高機能自閉症の子。一人ひとりの障がいや特性は、全く違う。子どもたちが持っている〝困り感や特性〟は、時には咲千子たちを悩ませ、試行錯誤の

日々が続くこともあった。教室から飛び出した子を、自宅まで追いかけたこともあった。パニックを起こして大暴れする子を止めようとして、肋骨にひびが入った担任もいた。けれど、そうなる前にできたことあったはずだと、行動の理由を考えた。何に困っているのか、その子の特性は何なのか、をじっくり探ってみることからやり直した。理由が分かると、対応の仕方も見えてくるのである。子どもたちから教えられながら、担任集団も育っていった。

咲千子は、自分が取り組んでみたいと思う新しい教育実践にも、どんどんチャレンジしていった。一人ひとりに応じた手作りの教材を作ることも楽しかった。子どもたちとも、保護者とも良い関係ができ、日々成長していく子どもたちを、目の当たりにして手応えも感じていた。特別支援学級の担任になれたことを、心から幸せだと感じていた。

そんなとき、咲千子を病魔が襲った。人間ドックで異常が見つかったのだ。「卵巣がん」だと分かった。入院、二度の手術、抗がん剤治療。苦しくてつらい日々が続いた。子どもたちや保護者からのお見舞いの手紙や折り紙、子どもたちの写真が大きな支えとなった。

「必ず元気になって、教室に戻るからね。待っててね」

声に出して、胸に抱きしめた。

十カ月間の休職期間を終えて、子どもたちや先生方と再会できたときは、「私の居場所はやっぱり教室だ。先生という仕事が好きだ」と、この場所に戻って来られた喜びでいっぱいだった。

仕事復帰から三年半、六十二歳の春。咲千子は、四十一年間の教員生活に終わりを告げた。夢を叶えて、そしてその夢に終止符を打った。

子どもたちや保護者からの手紙や寄せ書きは、今でも咲千子の大切な宝物である。採用試験の面接のときに語ったことと、ぶれることはなかったと思っている。いつも子どもたちのために、どうすることが一番いいのかを考えてきた。毎日学級通信を書いた。一年間に二百号以上を発行した。子どもたちのつぶやき、作文、教室の様子、心温まるエピソード……。子どもたちと読み合い、思いを共有し合った。私の武器「生活綴り方」で学んだことを、手放さなかった。「これはほんの少し自慢できるかな」と思っている。

大変なことは数え切れないくらいあったが、教員を辞めたいと思ったことは一度もなかった。時には子どもたちと心が通い合わないことや、咲千子の独りよがりで終わることもあった。保護者との関係に悩むこともあった。同僚や管理職とぶつかることもあった。つらくて、涙がこぼれそうなときもあった。が、そのどれもが、教員としての成長の肥やしだったと思える。素晴らしい教員仲間に恵まれたこと、素晴らしい子どもたちに出会えたことは、咲千子の人生の拠(よ)り所となっている。そして、何よりも、いつも咲千子の仕事を応援し、理解し、支えてくれた家族、夫の慎吾(しんご)、娘の結夢(ゆめ)、息子の優(ゆう)には、感謝の気持ちでいっぱいだ。

# 第三章　さっちゃんの二つ目の夢

## さっちゃん、家庭を築く

教員として、決して平坦ではない道のりを歩んできた咲千子だったが、家庭生活でも、次から次へと予期せぬ出来事が待ち構えていた。

咲千子が夫の慎吾と出会ったのは、教員になって四年目の夏だ。組合活動を通して、地域の行事で知り合った。咲千子は教職員組合の青年部の役員として、慎吾は隣の市の職員組合の青年部の役員として、行事に参加していた。

咲千子にとっての慎吾の第一印象は、「小柄だけれどえらそうにしていて、態度はでかい。たらたらとだるそうに歩く」。慎吾は咲千子より二つ年下で、その年の春に採用されたばかりの初任者だった。それにしては、はじめからため口だったし、妙になれなれしいし、変わった人だと思っていた。それでも、何度か会って話をするうちに、「長いものに巻かれるのが嫌いな人。自分の考えをしっかりと持った人」という印象に変わっていった。初めてデートに誘ったのは、慎吾の方からだった。どうやって電話番号を知ったのかは未だに教えてくれないが、盆休みに入る前の夜に電話がかかってきたのだ。「五山の送り火を一緒に見ないか」という誘いだった。

その日は、ものすごい人混みで、送り火は見えたが、何を話したのか、どこをどう歩いたのか、あまり覚えていなかった。でもなぜか、「また二人で会いたいな」と思った。

その後も組合の会合や行事で会うことが多くなり、自然と二人の距離も近づいていった。咲千子も慎吾も親元を離れての一人暮らしだったということもあり、お互いのアパートを行き来するようになり、これまでの生い立ちや、これからの生き方を話しながら、夜明けを迎えることもあった。

二人が出会ってから四カ月がたったある日、慎吾からプロポーズした。その言葉は、

「ずっと一緒にいようね」

だった。咲千子も、

「うん。ずっと一緒だね」

と、答えた。そしてその年の暮れにお互いの両親と会い、結婚することを伝えた。若い二人の結婚に心配はあったと思うが、両家とも喜んでくれた。年が明けて三月の終わりに身内だけで式を挙げ、五月に実行委員会が主催で、祝う会を開いてくれた。二人が出会ってから七カ月のスピード婚だった。

慎吾が咲千子のアパートに転がり込むような形で、結婚生活がスタートした。キッチンと和室が二つにトイレと風呂の、ささやかな住まいではあったが、掃除もすぐ終わるし、二人の職場にも近い。駅近で、スーパーも近くにあったので、新婚生活にはもってこいだった。

結婚して二年が過ぎた四月に、長女の結夢が誕生した。生まれたときはへその緒が首に巻き付いていて、チアノーゼを起こしかけており、泣き声もか細かった。ミルクをうまく飲み込むことができず、保育器で二週間過ごした。その後も、定期検査が必要だった。初めての子で、しかも不安を抱えた子育てが始まった。咲千子は、一年間の育児休業を取っていたので、毎月の定期検査も欠かさずに病院に通うことができた。幸い、一歳を過ぎる頃には、なんの問題もなく順調に成長していった。

結夢が三歳になる頃、咲千子と慎吾は一戸建てに引っ越すことを考え始めていた。休みのたびに結夢を連れて不動産屋を回り、物件の内覧をした。そして、同じ市内に築二十八年と少し古いが、手入れの行き届いたこぎれいな物件を見つけた。ＪＲの駅やスーパーや病院も徒歩圏内にあり、結夢の保育所にも、お互いの職場にも近い。三十年ローンを組まなければならなかったが、二人とも公務員であることで、銀行もすぐにローン返済のプランを提示してくれた。こうして、結婚五年目で、マイホームを手に入れた。

その家は、一階にキッチンと一間続きになった和室の六畳の居間、四畳半の洋室、トイレと風呂があり、二階に六畳と八畳の和室という間取りだった。二階には南向きのベランダがあり、洗濯物も干せる。キッチンと居間が北向きというのが少し難点だが、居間には掃き出し窓があるので暗くはない。少し古いが、アパート暮らしと比べれば豪邸であった。

そこでの暮らしが二年目に入った頃、待ち望んだ第二子を妊娠した。結夢とは五つ違いになる。予定日は二月中旬。咲千子はそれまでに、居間をフローリングにして壁も砂壁をクロス貼りにしたいと思っていた。日が入らない和室の畳は、古いということもあるけれど、どうも湿っぽい。壁ももたれかかると、ぽろぽろと砂がこぼれ落ちてしまう。赤ちゃんには好ましくない環境だ。慎吾に相談すると、

「そうやなあ。いいんちゃう」

と、賛成してくれた。咲千子の同僚が紹介してくれた工務店にリフォームを頼んだ。日中は咲千子も慎吾も仕事をしているので、工務店にお任せで作業を進めてもらっていた。ある日、仕事から帰ってきた咲千子に大工さんが、

「この家、建ったときから傾いてますわあ。たぶん、建築ラッシュの頃に建てたんやろうねえ。使ってる建材は国産の杉でいいもん使ってますけど、工事が雑やったんやろねえ」

床をめくった床下と柱を見せながら話した。

「えっ。それって家は大丈夫なんですか？」

驚いて聞き返す咲千子に、

「倒れてしまうとか、壊れてしまうってことはないけどねえ。私らは真っすぐ床を張りますんで、北側の床は最大で二センチほどの段差がつきますよ」

「そうなんですか。でも、それって、なんとかならないんですか」

「土台から全部やり直すんなら段差はつかへんけど、家のほとんどを崩す工事になりますよ」

「そうですかあ」

咲千子の頭の中は、真っ白になってしまった。

(どうするの。建て替えなんて無理やし、でも段差がつくし)

「あの、夫と相談してみます。返事はもうちょっと待ってもらえますか?」

「かまへんけど、工期も決まってるし、できるだけ早く決めてください」

「わかりました。ありがとうございました」

その夜帰宅した慎吾に、剥がされた床下と柱を一緒に見ながら、大工さんに告げられたショッキングな事実を伝えた。そして、二人が出した結論は、「段差ができてもいいので、このまま工事を続けてもらうこと」だった。

こうして二センチの段差はついたものの、年末にはリフォームが完成し、結夢もフローリングと白いクロスの壁を、「違うお家みたい」と喜んだ。二センチの段差も暮らしてみればさほど気にはならないが、その段差を見るたびに、『この家は傾いている』という不安を覚えるのだった。

二月の小雪の舞う寒い日に第二子、長男の優が生まれた。慎吾そっくりの太い眉と大きな目に、咲千子は生まれた瞬間、「父さんやんか」と笑ってしまった。

咲千子は、再び一年間の育児休業を取って、翌年の二月に仕事に復帰した。

傾いた家の恐怖が現実味を帯びたのが、その翌年、未曾有の被害をもたらした阪神・淡路大震災のときである。その日の朝、咲千子はいつも通り五時半に起きて、朝食の支度をしていた。ガスコンロで味噌汁を作っていたときである。カタッと食器棚の中のコップが倒れた。その途端、ものすごい揺れに襲われた。今までに経験したことのない揺れ方だ。

咲千子は咄嗟にガスコンロを消して、

「父さん！」

と叫びながら、階段を駆け上がった。二階の六畳では、慎吾が子どもたちに布団を掛けて、両手を広げ、覆いかぶさっていた。

「父さん！」

咲千子もその横にしゃがみ込んで、慎吾の腕にしがみついた。

揺れは数十秒で収まったが、手が震え、ドキドキが止まらない。気がつくと、咲千子は右手に菜箸を持ったままだった。何も壊れず、何も倒れなかった。ほっとして一階に降りテレビを点けたが、まだ薄暗くてどこが震源地でどのような地震だったのか、詳しい情報はなかった。子どもたちももう目が覚めてしまい、一階に降りてきたが、慎吾にくっついて離れない。咲千子がガスコンロを点けようとしたところ火が点かない。何回コックをひねっても、点かない。

「父さん、コンロが点かない。なんでかなあ」

「なんやろ。今の地震で故障?」

「だって、すぐにコンロ消したよ」

着火のための乾電池を新しい物に交換しても、コンロは点かなかった。ガスが出てこないのだ。ガス湯沸かし機や風呂のガスも試してみたが、どちらも点火しなかった。仕方なくその日は、電気湯沸かし器で湯を沸かし、インスタントの味噌汁を作って朝ご飯にした。

夜が明けるにつれて、被害の状況がどんどん明らかになっていった。テレビ画面に映し出される光景は、今まで見たこともないような惨状で、にわかには信じがたい光景だった。咲千子の高校の同級生の多くが、京阪神に住んでいる。みんな大丈夫だろうか、と心配で仕方なかった。

その日の夕方、ガス会社に電話をして、今朝の地震の後からガスが使えない旨を伝えた。するとね、

「耐震装置が働いたのだと思います。震度五以上で作動する装置なんですけどねえ。今から言う手順で回復できますので、メモしてください」

と、回復の手順を丁寧に教えてくれた。

「ところで、お住まいはどちらですか？」

と聞かれたので、咲千子が住所を知らせると、

「そうですかあ。その近辺では、初めての電話です」

と言われた。受話器を置いてから、

「うちだけ？　このあたりがすごく揺れたんじゃなくて、うちだけがすごく揺れたっていうこと？　やっぱりこの家が傾いてるからや」

耐震装置を解除しながら、咲千子の不安はどんどん膨らんでいった。

その夜、咲千子と慎吾は遅くまで話し合った。

「もし次に今回みたいな地震が起きたら、この家は潰れるかもしれへんなあ」

「この家買うときはあんまり気にしてへんかったけど、家の北側は石垣やしなあ」

「地盤も弱いんかもしれへん」

この家の敷地は、南側と北側で五メートル近い段差があり、北側は高い石垣の擁壁(ようへき)になっていて、その上にこの家が建っている。

「よし、新しいところに引っ越そう」

二人が出した結論である。

この家は、一戸建てを手に入れるのが目的で購入した家だ。しかし、今度は地震に負けない、頑丈な家を手に入れるのだ。あわせて、健康に暮らせて、環境にも優しい家を手に入れたい。そう考えるようになっていた。子どもたちは二人ともアレルギー体質だ。食べ物だけでなく、シックハウスやカビによるアレルギーが問題になり始めた頃でもあった。

ログハウスやソーラーハウスなどの資料や雑誌を取り寄せて、情報を集めた。モデルハウス巡りもしたし、新築見学会にも出かけた。

しかし、世はまさにバブルのまっただ中で、土地はどんどん値上がりし、若い二人が理想の家を手に入れるには、あまりに高額過ぎた。理想と現実の狭間で、家探しは行き詰まっていた。

## ひょうたんから家?

引っ越しを考え始めて十カ月ほどたったある日、嘘のような話が転がり込んだ。慎吾の友人の木村さんが、「今住んでいる家を買わないか」と言うのだ。木村さん一家の子どもたちは、結夢や優と同じ保育所に通っていて、奥さんとも保護者会で何度も顔を合わせている。特に夫同士は職場が同じということもあり、懇意にしている間柄だった。

木村さんは、子どもが三人になったのを機に、部屋数の多い新しい家を購入する予定なのだそうだ。それで、今の家の買い手を探しているとのことだった。市の東側の丘陵地に拓かれた新興住宅地にある家で、五十五坪の土地に大手のハウスメーカーが設計・建築した築六年の二階建てである。仲介業者を挟まなければ、その分価格も安くなると、夫たち二人の間ではかなり話が進んでいるようだった。

「今度の日曜日、『一回家を見に来えへんか?』って誘われたんやけど、どうする?」

慎吾はもう、半分以上買う気になっているようだ。

「いいよ。奥さんもいるん?」

「うん、家族みんなで待ってるって」

次の日曜日、冬にしては日差しが温かい午後、家族みんなで出かけた。今の家から車で三分ほどで着いた。周辺はどの家も、五十坪以上のゆったりとした家ばかりだ。木村さんの家は、北側が道路でその向こうは空き地。南側は隣家があるものの、広い庭があり芝生が敷いてある。南側を向いたリビングと、その隣の六畳の和室は、日が入り明るくて暖かい。

キッチンのキャビネットは、床や柱と同じ色のブラウンの木が使われている。壁は白いタイル張りだ。東側の窓から明るい光が差し込んでいる。トイレは水洗だった。水洗トイレはこの頃まだ全戸には普及しておらず、咲千子の家は汲み取り式だ。お風呂にはシャワーもあり、脱衣所は広くて洗濯機を置いても余裕がある。今の家は、洗濯機は家の北側の外に設置していたので、冬場は寒くて時々ホースの中にたまった水が凍って大変だ。

回り階段を上がると、二階は洋室が二部屋。それ以外にウォークインクローゼットと物置スペースがあり、小屋裏収納まである。洋室の一つは将来二つに仕切れるように、入り口が二カ所ある。

「二階はほとんど使ってないんよ。子どもたちがまだ小さいから、ほぼ一階で暮らしてて。寝室を夫が使ってるくらい。押し入れも、ここに来たときに使わない布団を入れたまんまやねん」

奥さんが、押し入れを開けながら説明してくれた。

「この辺は、小さい子どもも多いし、子育てするにはいいとこやで。すぐそこの公園で遊べるから、安心やし」

「結夢ちゃんの同級生もたくさんいるよ。学校変わらんでいいから、安心や」

木村さんが、結夢の顔を見ながら親指を立てた。結夢はちょっと緊張しながらうなずいた。

咲千子はここでの暮らしを想像してみた。明るいキッチンとリビング。気持ちのいいトイレとお風呂。庭でシートを広げてお昼ごはん。なんといっても、地震に強そう。断る理由はなさそうだ。

その日の夜、晩ご飯を食べながら、

「木村さんの家、どうやった？」

慎吾がみんなに訊いた。

「いいお家やったね。まだ新しいし、ちょっと小学校からは遠くなるけど、友達もいるし。お母さんは気に入ったよ。結夢は？」

「私はどっちでもいい」

「なんやそれ。もっと喜ぶんかと思ったのに」

「だって、学校まで遠いもん」

「でも、この家、地震がきたら壊れるかもしれへんぞ」

「分かったって。引っ越したらいいやん」

「優は？」

「どっちでもいい」

「なんや二人とも」

慎吾は当てが外れたようだったが、

「子どもには新しい暮らしがイメージできないんかもしれへんわ。でも、暮らし始めたら、引っ越して良かったって、きっと思うわ」

咲千子が子どもたちの顔を見ながらフォローした。


この後トントン拍子に話が進み、正月休みが明けたときには契約を交わしていた。そうして三月の終わりに、咲千子たちは新居に引っ越した。

引っ越しの日はいい天気で、引っ越し屋のお兄さんたちも汗を拭きながら、たくさんの荷物を運んでくれた。引っ越しが終わったのは三時すぎだった。その後、電話会社の人が来て、固定電話の設置工事が終わった。その夜、咲千子は子どもたち二人を預かってくれている実家に電話をかけた。

「もしもし、お母ちゃん、無事に引っ越しが終わりました。子どもたち、どうしてる?」

「さっちゃん、あんたに謝らないとあかんことがあるんや」

「え? 何かあったん?」

「それがな……」

母の話はこうだ。この日は天気が良かったので、父と一緒に子どもたちを連れて車で一時間半ほど走ったところにある、海浜公園に行った。お弁当を食べて、景色のいいところで写真を撮ろうと、展望台のそばの崖の上に子どもたち二人を並ばせた。母がカメラを構えてファインダーをのぞいた瞬間、優が消えたのだ。と同時に「優ー!」という、結夢の悲鳴が聞こえた。父が「優が落ちた!」と叫び、大急ぎで崖下をのぞくと、優が仰向けに倒れたままで泣いているではないか。

「お父さん、管理センターに行って救急車頼んで!」

母は叫びながら階段を降りて、優のそばに駆け寄った。結夢は大泣きして、人だかりができた。優は泣いてはいるものの、見たところ、外傷もなく出血もしていない。なかなか来ない救急車をイライラしながら待っている間に、優は泣きやんでじっとしていたらしい。

ようやく救急車がやって来て、病院へ。いろいろな検査をしてもらったが、大きなけがはなく、脳にも骨にも内臓にも異常はないとのことだった。おそらく、そのとき優が背負っていたリュックサックがクッションになったことや、崖下が草で覆われていて、それも幸いしたのではないかと、救急隊の人は言った。「生きた心地がしなかった」と、母は何度も謝りながら話した。優は、父の運転する車で家に帰ったときに一度嘔吐したらしいが、それはどうも車酔いだったらしい。咲千子はいつかの私と同じだ、と思ったが、母には言わなかった。

「今は二人ともよく寝てるんよ。きっと疲れたんやなあ。起こすのはかわいそうやから、また明日電話してやって。慎吾さんにも謝っといてなあ。ほんならね」

と、電話は切れた。何事かと、荷物の片付けの手を止めて電話の様子をうかがっていた慎吾に、今日の大事件を伝えた。

「なんともなくて良かった、良かった。まあ、おばあちゃんたちも疲れたことやろ」

慎吾はそう言って、段ボールの箱を片付け始めた。（なんだか新居初日からケチが付いたなあ）、ふと、そんなことを思ったが、（何事もなかったんだから気にせんとこ）と思い直した。優が背負っていたそのリュックサックは、出かけるときはいつも紙パンツとおやつを入れて背負っていたリュックサックだ。命の恩人として、今でも優の思い出グッズのケースに収まっている。

南側の芝生が敷かれた庭は、子どもたちの格好の遊び場になった。テントを張り、友達を呼んで、お泊まり会をしたこともあったし、夏にはプールで水遊びも楽しんだ。秋にはバーベキューをしたり、お月見をしたりした。優は、クリスマスプレゼントにもらったサッカーのミニゴールで、シュートの練習をすることもあった。咲千子や慎吾の両親も、遠方から引っ越し祝いを兼ねて訪問してくれた。

## 義父の突然のお別れ

もうすぐ冬休みという、十二月二十三日のことである。電話のベルが鳴った。その日は祝日で、咲千子は掃除を、慎吾は家の前で車を洗っていた。テレビを見ていた結夢が、電

話に出た。何やら話してから、

「お父さーん。電話だよー。山口のおばあちゃんから」

玄関から外に向かって慎吾を呼んでいる。

咲千子は、(山口のおばあちゃん？　なんやろ。年末に帰ってくるかどうかの電話かな）と思いながら、掃除を続けた。

「そうかあ。分かった。できるだけ早く帰る。病院の電話番号、教えて。敏(さとし)は？　うん。じゃあ」

慎吾が受話器を置いて、咲千子の方を見た。

「何かあったの？」

「うん、親父が危篤らしい」

「えっ!?　年明けに手術するって言ってはったのに。なんで」

「今朝、病室で急に意識がなくなったらしい。詳しいことは分からへんけど、とにかくすぐに山口に帰ろう」

咲千子は子どもたちに事情を話し、荷造りを手伝うように伝えた。万が一のことを考え、喪服も準備した。慎吾は、内心は動揺していたのかもしれないが、車の掃除をきりのいいところで終わらせ、職場の上司への連絡を済ますと、淡々と持ち物の準備をしていった。

咲千子は、なんと言葉をかけようかと考えながら、子どもたちの着替えや、もしものときに備えて、黒っぽい洋服を鞄の中に詰めていった。

「気が急くね。何時間くらいかかるかなあ」

「そうやなあ。すっ飛ばして八時間はかかるなあ」

咲千子は、どうか間に合いますように、と思ったが言葉にはしなかった。きっと慎吾も同じ気持ちだったはずだ。

子どもたちはシートを倒した後部座席でゴロゴロしていたが、そのうちに眠ってしまった。途中、一度だけ簡単な昼食とトイレ休憩を挟んで、ようやく山口の病院に着いたのは、夕方五時を回っていた。病室には義母が付き添っていた。

「敏は?」

「まだ」

慎吾の六つ違いの弟の敏は、東京で働いている。電車を乗りついで駆けつけているはずだ。義父は酸素マスクを付けてはいるが、時々呼吸が乱れ、苦しそうだ。

「お父さん、慎吾が来たよ。咲千子さんも子どもたちも来たよ」

義母が呼びかけても、目は閉じたままで反応はない。

「お父さん。咲千子です」

「おじいちゃん、結夢やで」

「おじいちゃん、優やで」

順に呼びかけるが、苦しそうな呼吸音が聞こえるだけである。

「なんで急にこんなんになったんや？」

「それが、医者もよく分からないって言うのよ」

義母も腑に落ちない様子ではあるが、

「咲千子さん、遠くからご苦労さまね。今すぐどうこうってことはないと思うし、子どもたちと家に行って休んで」

と、気遣ってくれる。

「私たちは大丈夫ですよ。ここにいます」

「子どもたちも退屈でしょう。それに、敏から電話があるかもしれないし、誰かに家にいといて欲しいの」

「そうしたほうがいいわ。俺は残るから、タクシーでいったん家に行って」

「そうやね。じゃあ、そうする」

咲千子は家の鍵を受け取り、子どもたちを連れて慎吾と駐車場まで行き、荷物を降ろして、タクシーで慎吾の実家に向かった。

慎吾の実家は、これまでも何度か来ていたので、風呂を沸かしたり台所でご飯を炊いたりするのに戸惑うことはなかった。冷蔵庫にあるもので、簡単な夕食を作って三人で食べた。子どもたちが風呂に入っているときに、敏から電話がかかってきた。今駅に着いたところで、これから病院に向かうという連絡だった。咲千子は義父の容態を伝えた。

日付が変わる頃、慎吾から電話があった。

「親父、さっき息を引き取った。母ちゃんと敏と相談して、延命措置は断った。これから、葬儀屋に連絡する。いったん家に帰るけど、何時になるかわからへんし、寝といていいで」

「うん。分かった。敏君も間に合ったんやね。お疲れ様」

義父は以前から糖尿病を患っていたが、それが原因で腎臓や心臓も弱ってきていた。人工透析、インシュリン注射、服薬と、治療を続けていた。去年右足の親指が壊死。切断手術を受けたが、右足の膝下から切断しなければならない状況まで悪化していたそうだ。その再手術に向けての、検査入院中だったのだ。

慎吾の両親は、結婚する前にキリスト教の洗礼を受けていた。葬儀は、賛美歌が流れる中で始まった。牧師が生前の義父の人生を語り、喪主である慎吾が父との思い出を織り交ぜながら参列者への謝辞を述べた。

慎吾は葬儀の前日、葬儀場の控え室でこの言葉を考えていた。突然訪れた別れであったが、この時間は慎吾にとって父親のことを深く理解しようとした貴重な時間だったのかもしれない。六十八歳。早すぎる旅立ちである。

温泉好きで、車にはいつでも温泉に立ち寄れるように、タオルと石けんを常備していた義父。正月には、知り合いからもらったという寒ブリをさばいて、お刺身や煮物を作ってくれた。朝早起きして、咲千子を魚市場に連れて行ってくれたこともあった。義父自身も、手術を終えて退院したら、義母と一緒にまた温泉に行こうと思っていたのではないだろうか。

葬儀後も、会葬者への礼状やその他のさまざまな手続きを、慎吾は敏と相談しながら淡々とこなした。新年が明けて、一月五日に咲千子たちは山口を後にした。キリスト教は仏式と違い、初七日や逮夜(たいや)や回忌(かいき)というしきたりはないので、何度も山口に通う必要はなかったが、一人残された義母のことは気がかりだった。ときどき電話をして近況や体調などを尋ねていた。義父が亡くなって一年が過ぎた頃、敏が山口に戻り、義母と一緒に暮らすと連絡が来た。慎吾と話し合っての選択だったらしい。咲千子は敏の決断に、頭が下がる思いだった。

## 慎吾の異変

四月になった。結夢は五年生、優は保育園の年長、咲千子も転勤になり、慌ただしい日々を過ごしていた。そんなある日の朝のことである。慎吾が朝食の時間になっても起きてこない。いつもならとっくに食卓に着いている時間だ。

「父さーん」

呼んでも応答がないので、階段を上がり、寝室のドアを開けると、目覚ましのアラームがしつこく鳴り続けている。

「父さん、遅れるよ。起きてや」

声をかけても布団をかぶったままで、返事がない。布団をめくって、

「父さん」

もう一度呼びかけると、

「んー。ちょっとしんどい」

だるそうである。

「風邪？　熱があるの？」

おでこに手を当ててみたが、熱はなさそうだ。

「仕事休むの？」

「んー。休むわあ」

そう言って、布団をかぶってしまった。（なんやろ。珍しいなあ。疲れてるのかなあ）

そう思いながら、咲千子はいつものように結夢を送り出し、優を保育園に送ってから職場に向かった。

夕方帰宅すると、慎吾はリビングでパジャマのまま新聞を読んでいた。

「体調はどう?」

「んー。微妙」

晩ご飯の後もあまりしゃべらずに、風呂に入ってさっさと寝てしまった。慎吾は次の日も、その次の日も同じような状態だった。そして五日目になって、

「ごめん。職場に休むって電話してくれへん?」

と、咲千子に頼んだ。なんとなく予想はしていたが、ついに自分では連絡できなくなってしまったのかと、胸がざわついた。

「分かった。電話しとく」

と告げて、寝室を出た。(これは精神的な問題やなあ。何かあったんかなあ。聞いた方がいいんかなあ。どう切り出そうか)と思案しながら、慎吾の職場に電話をした。慎吾の上司は、

「そうですかあ。奥さん、上山君の様子も聞いてみたいし、このまま今の状況が続くようなら、今後のことも考えた方がいいと思うので、今日の夕方にでも会うことはできませんか？」

と切り出した。そうして、慎吾の職場の近くにある喫茶店の名前を告げた。そこは咲千子も一度、慎吾と行ったことがある店だった。五時に約束をして電話を切った。

その日、咲千子は早めに職場を出て、約束の喫茶店に行った。慎吾の上司と会うのは結婚祝賀会のとき以来だったが、すぐに分かった。

「奥さん、上山君はどんな様子ですか？」

「ありがとうございます。今まではだったら朝は自分で起きて新聞を取りに行き、朝食を子どもたちも一緒に食べていたんですが、布団から出てきません。身体も気持ちもしんどい感じです」

「そうですかあ。身体より心の問題かなあ。いやあ、年末にお父さんが急にお亡くなりになったでしょう。それなのに、仕事はきちんとこなすし、ときどき『がんばりすぎやぞ』って言ってたくらいでね。今頃になってお父さんが亡くなられたという現実が、こう、なんというか、のしかかってきたというか。知らず知らずのうちに、気持ちが張り詰めていたのが、ここにきて疲れが出たというか」

「そうかもしれません」

咲千子は、一番近くにいながら何も気付いていなかった自分を、恥ずかしいと思った。

「一度、話を聞いてみます」

「もしかしたら、精神科を受診した方がいいのかもしれませんねえ。先生方も通院されている方が増えているんと違いますか？　奥さんの職場には休んでる人、いませんか？　僕は、早い方がいいと思いますよ。まあ、本人さん次第ですけどねえ」

「ありがとうございます。いろいろご心配をおかけして申し訳ありません」

「まあ、奥さんも大変ですけど、しっかり看てあげてください」

慎吾の上司と別れて、駐車場で車に乗ってから、咲千子はしばらく考えた。（今日、上司に会った話をした方がいいのだろうか。精神科を受診してはどうか、と勧めてもいいのだろうか。まだ五日しか休んでいない。でも、早い方がいいことは確かだ。いったい何があったんだろう）

時計を見ると五時五十分だ。保育所が閉まるまで、あと十分。考えがまとまらないまま、エンジンをかけた。

その晩、咲千子は布団に入ってから、隣の慎吾に話しかけた。

「まだ起きてる？」

「んー。何？」

「実は……」と、今日上司に会ったこと、精神科の受診を勧められたことなどを、言葉を選びながら、ゆっくりと話した。そして、

「何かあったの？」

と尋ねた。慎吾は、天井を見つめたまま話し始めた。

「なんかこう、ものすごい不安感というかプレッシャーというか、うまく言えへんけど、そんなんが突然押し寄せてきて、息すんのがしんどくなって、冷や汗がザアッと出てきて手が冷たーくなって。今までこんなことなったことないから、俺、どうしたんやって不安になって……。仕事のこととか、考えたら余計しんどいんや」

仕事も原因かもしれないが、義父の急逝も、自分の中ではきちんと整理できないままな

のかもしれないと思いながら、聞いていた。

「俺も精神科っていうか、心療内科とかいうらしいんやけど、早く行かなあかんと思ってたんや。それで、知り合いに相談したんや。そしたら、近くの病院を教えてもらえた」

「そうやったんや。気付かんとごめんなあ」

「明日、その病院に電話してみるわ」

「そうやね。早い方がいい」

この間、家の住み替えの件や、保育所の保護者会の仕事、組合の仕事、そして父親との予期せぬ別れなど、さまざまなことがありすぎた。慎吾の許容量を超えてしまったのかもしれない。もともと内にため込む人だから、周囲も無理していると気付かなかった。心が悲鳴を上げてしまったのだ。

慎吾は週明けに心療内科を受診して、三カ月の病気休暇を取ることになった。医者から言われたのは、
薬はきちんと飲み続けて、勝手にやめないこと。

規則正しい生活を送り、日光に当たること。

熱中できる趣味のようなものをつくること。

適度に疲れるような運動をすること。

であった。慎吾は次の日から、散歩と水泳を始めた。読書は以前から好きだったので、図書館に通い、大型免許を取るために教習所にも通い始めた。

「そんないっぺんに大丈夫？」

心配する咲千子に、

「一日は長いぞう。暇があるとな、考えんでもええこと、考えてしまうやろ」

と、諭された。そうだ、暇は大敵だ。何かにポジティブに取り組むことも治療の一つだ。

そう思うことにした。そして、そんな慎吾を静かに見守った。子どもたちは、慎吾が休職していることは気付いていなかったらしい。子どもたちが大人になってからこの頃のことを話すと、結夢は、「お父さん、この頃仕事から帰ってくるの早いなあ。私より早く帰ってる、って思ってた」と言っていた。優は、以前から保育所の送り迎えは咲千子がしていたので、全く知らなかったらしい。

こうして三カ月休んで、慎吾は仕事に復帰した。ときどき職場で不安感が押し寄せそうになると、休憩室で休んだり、早めに帰宅したりするという配慮もしてもらっていた。家でも夜眠れないときは、咲千子と手をつないで眠った。

慎吾が仕事に復帰して少ししてから、慎吾の同僚に「夏休みに家族同士で北海道にキャンプ旅行しないか」と誘われた。「上山の復帰祝いだ」と言われたそうだ。

優がおなかにいるときに、結夢と慎吾はこの家族と一緒にキャンプをしたことはあった。けれど、家族みんなでキャンプをするのは初めてのことだ。しかも北海道である。その同僚は、慎吾の返事を待たずにフェリーの予約をしたと言うのである。そうしないと、すぐに予約が埋まってしまうのだそうだ。咲千子も子どもたちも、諸手を挙げての大喜びだ。

行き帰りのフェリーで一泊ずつ、北海道で移動しながらキャンプで五泊。七泊八日の大旅行だ。

この年の北海道は、雨の日が多く、肌寒かった。それでも、大自然の中のキャンプ場にはエゾリスやキタキツネが来たし、ときには、エゾシカがテントのすぐそばまで来てびっくりしたこともあった。最後の日に訪れた積丹(しゃこたん)半島は、快晴に恵まれ、真っ青な海と空に感動したのだった。雄大な北海道の景色とおいしいご飯は、慎吾にも咲千子にも、エネルギーをたっぷりと与えてくれた。

この感動は、翌年も味わった。今度は道東を中心に、キャンプ場を回った。北海道に着いたその日の午後、優がそばアレルギーを起こし、急遽病院に走る、というアクシデントはあったが、幸い親切な小児科で素早く処置してもらい、事なきを得た。その後のキャンプは順調で、天候にも恵まれ、忘れられない日々を過ごした。

この二回の北海道キャンプ旅行は、咲千子たち一家にとって、かけがえのない思い出になった。

## さっちゃんの試練

北海道から帰ると、郵便受けに咲千子の人間ドックの結果を知らせる封書が届いていた。消印を見ると、五日前だ。

「異常がありませんように」

つぶやきながら封を切ると、「精密検査を受けてください」の文字が、目に飛び込んだ。

「えっ？　精密検査？」

よく見ると、婦人科検診の所に何やら書き込みがある。ローマ数字とアルファベットが印刷されていて、その横に手書きで、「予約の際に『佐々木(ささき)副部長の診察』と告げてください」とある。

「再検査ではなく、精密検査？」

咲千子は意味がよく分からなかった。インターネットを使いこなすような時代ではなかったので、すぐには調べられない。咲千子は次の日、優を産んだ産婦人科に予約を入れた。医師は咲千子が持参した人間ドックの結果を見て、

「うちでなく、ここに書いてある通り、このドクターの予約を取って診てもらった方がいいですねえ」

と告げた。

「そうなんですか。ここに書いてあるのはどんな意味ですか」

「これは、『子宮頸がんの疑いがあります』ということで、初期の上皮がんの可能性があ

るということです。だから、できるだけ早く精密検査を受けた方がいいですねえ」

「がんですか？」

「いや、まだはっきりとは分からないから精密検査を受けなさい、ということですよ」

「分かりました。ありがとうございました」

咲千子は、「私ががん？　何かの間違いなんじゃないの？」と、納得できなかった。なんの症状もないのに。けれど、「もしがんなら、早く検査をしなければ」と焦った。次の日、すぐに予約の電話をした。


検査の結果は、「子宮頸がんの初期の疑いがあり、簡単な手術で患部を切除できる」とのことだった。慎吾は手術の打ち合わせのために、一緒に佐々木医師の説明を聞いたとき、原因は何かと尋ねた。佐々木医師は、

「ヒトパピローマウイルスというウイルスに感染したんですよ」

と言った。慎吾も咲千子も驚いた。そんなウイルスが存在することなど、全く知らなかった。

手術は、咲千子が休みを取りやすい冬休みに行うことになった。手術に備え、十二月二十二日に入院。この日は慎吾の誕生日だった。手術は翌々日の二十四日。経過次第だが、退院は二十八日の予定だった。佐々木医師は、

「手術自体は円錐(えんすい)切除術といって、レーザーで患部を円錐状に切り取るもので、難しいものではありません。半身麻酔で行います」

と説明した。

手術は午前中に無事に終わった。手術室から病室に戻ると、慎吾が心配そうに咲千子の顔をのぞいた。

「どうや?」

「まだ、麻酔が効いてるんかな。痛みとかはないけど、足がすごくだるい……。誕生日もクリスマスも、何もできなくてごめんな」

子どもたちにも慎吾にも、申し訳なかった。

慎吾は夕飯の支度があるので、五時すぎには帰って行った。足のだるさが気になりながらも、咲千子は知らない間に眠っていた。

次の日には、慎吾と子どもたち、姉の朋子、咲千子の両親が見舞いに来た。子どもたちは病院に来る前に神社に行って、お守りを買ってきたと、見せてくれた。結夢は通知票を持ってきていて、

「成績上がったで。国語は5やから」

得意げに言う。優は、

「お母さん、熱あるん？　なんで病院にいるん？」

病室をキョロキョロ見回したり、ベッドに飛び乗ったりして、的外れなことを聞く。

「あんたなあ」

と、結夢に小突かれている。

「早く家に帰りたいなあ」

子どもたちの顔を見ていたら、つい本音がこぼれてしまった。

次の日、職場の同僚二人が見舞いに来てくれた。人間ドックを一緒に受けたメンバーだ。

「さちこ先生、具合はどう？　ケーキ持ってきたよ」

「クリスマスも一人やったやろ？　遅ればせながら二人からのプレゼント」

そう言って紙皿を取り出し、ケーキを取り分けてくれた。職場のことやそれぞれの家族のことなど、とりとめもないことを話しているうちに、面会時間の終わりを告げる放送が流れた。

「無理しないようにね」

手を振りながら、二人は帰っていった。女同士のおしゃべりは、心にエネルギーをチャージしてくれる。気持ちを前向きにしてくれる。元気が出た。

夕食後は、空気が淀んだような長い夜が訪れる。咲千子はこの時間が嫌いだ。慎吾が図書館から借りてきてくれた本も、もう読み終わってしまった。テレビも観る気がしない。

（あと、二日）、そう思いながら、無理やり目を閉じた。

次の日の午後、佐々木医師の診察があった。

「切除した部分から、やっぱりがん細胞が見つかったんやわ。でも、ごく初期やったし、完全に切除したから転移はないし、心配ないよ。明日には退院できそうやね」

「ありがとうございました」

咲千子はほっとした。「よかった〜。明日は無事退院や」病室に戻る足取りも軽かった。

夕食後、（下着に当てている夜用のナプキンも、普通のサイズに戻しても大丈夫かなあ。でも、退院までは今のままの方が安心かなあ）。そんなことを考えながら、談話室にある公衆電話で慎吾に電話した。

「無事退院できるって。がん細胞は見つかったけど、完全に切除したから大丈夫だって。明日、午前中に診察があって、その後退院やから、お昼すぎに迎えに来てくれる？」

「うん。分かった。病室まで行ったらいいんやな」

慎吾もほっとした様子だ。

咲千子は早く明日になって欲しいと思いながら、病室に戻った。

その真夜中のことだ。嫌な痛みが下腹部に走って目が覚めた。次に来たのは、生理の二日目に出血するときの、あのドロッという感触だ。

「えっ、今の何？」

またすぐに同じような出血の感触が。咲千子の心臓がドキドキし始めた。

（えっ？　ドキドキに合わせて出血している？）

咲千子は急いで病室内にあるトイレに駆け込んで、下着を下ろした。ナプキンの全面が真っ赤だ。出血は続いている。便器にぽたぽたぽたと血液が落ちる。

「なんでっ？　何これっ！」

咲千子は急いでナースコールボタンを押した。指が震える。

「はい、ナースステーションです。どうされました？」

「六〇一号室の上山です。出血が止まりません」

「すぐに行きます」

咲千子はもう、何が起こったのか分からない。とにかく怖い。（私、どうなるの？）。パタパタと看護師の走る靴音が近づいてきた。トイレのドアを開け、咲千子の様子を見た看護師は、

「上山さん、処置室に行きましょう。車椅子に乗れますか」

と、咲千子の顔をのぞき込んだ。咲千子はうなずき、看護師が差し出したバスタオルを足の間に挟み、車椅子に乗った。そのまま処置室に連れて行かれ、処置台に載せられた。すぐに佐々木医師が駆けつけた。ちょうどその日は当直で、仮眠室で休んでいたのだ。一時処置が始まった。咲千子は目を閉じたまま、処置台のひじ掛けを握りしめていた。

間ほど経過しただろうか。

「上山さん、処置、終わったよ。出血は止まったからね。ガーゼを入れたから、このまま様子を見るね。明日の退院はちょっと無理かなあ……。明日、午後もう一回診るね。ゆっくり休んで」

佐々木医師は、処置台のカーテン越しにそう告げて、処置室から出て行った。看護師が、「上山さん、お疲れ様でした。びっくりされたでしょう。ナプキンは当てといてくださいね。トイレは普通に歩いて行ってもらって大丈夫ですけど、今は車椅子で戻りましょう」と、カーテンを開けて車椅子を処置台の前に移動させた。咲千子はこわごわと身体を起こし、車椅子に移動した。

病室に戻ってベッドに横になった。下腹部の鈍痛は治まらない。不安で怖くて一睡もできないまま、朝を迎えた。

慎吾に、今日の退院が無理になったと電話しなければならない。ベッドに座るのが怖い。立ち上がるのも怖い。でも、電話しに行かなくては。出血の感触がないのを確認しながら、ゆっくりと歩いて公衆電話まで行った。同じ場所にあるのに、昨日の何倍もかけて移動した。朝の慌ただしい時間だ。バタバタしているに違いない。受話器を持つ手が震える。

「もしもし。上山ですが」

「父さん、咲千子。今日、退院できなくなった」

「どうしたん。何かあった？」

「昨日の夜中に出血して……」

昨日の恐怖と失望がよみがえり、声が震えて涙がにじむ。

「大丈夫か？」

「……うん。それで、処置してもらって今は大丈夫やけど、お医者さんが今日の退院は無理やって」

「そうかあ……」

「子どもたちにもそう言ってくれる？」

「分かった」

「ごめんね。また連絡する」

「分かった。無理せんようにな」

咲千子は受話器を置いて、大きなため息をつきながら涙をぬぐった。

結局咲千子が退院したのは、十二月三十日だった。

「お正月やしなあ。子どもさんも、お母さんが帰ってくるのを待ってるやろしなあ。まあ、いろいろ動き回らんようにしたら、大丈夫やと思うけどね。もしなんかあったら、すぐに救急に来て」

佐々木医師は、診察室でそう告げた。年末年始は、スタッフがかなり手薄になることや、ミレニアム問題でコンピュータの不具合が起きる可能性があるため、その対応に追われることが予想されるといった、病院側の都合によるところも、退院を許可する要因の一つだった。（なんかあったらって、そんな……）と思った。不安だらけだったが、咲千子も家に帰りたかった。家族と一緒に新年を迎えたかった。

咲千子は、お世話になった看護師たちに見送られて退院した。

その後一週間を、ほぼリビングのソファに横になって過ごした。慎吾や子どもたちが、できる範囲で家事をしてくれたし、年明けには咲千子の母が、遠方から正月料理を持って駆けつけてくれた。

咲千子はトイレに行くたびに「出血していませんように」と祈るような気持ちで、ビクビクしていたが、膣の奥まで何重にも畳んで詰め込まれたガーゼに血がにじんでくるようなことはなかった。

三学期が始まったが、大事を取ってすぐに出勤することをやめて、三連休明けに仕事に復帰した。職場の同僚はいろいろと配慮してくれたし、クラスの子どもたちも、三週間ぶりの再会を喜んでくれた。その後、心配していた出血もなく、順調に回復していった。三学期が終わる頃には、いつものさちこ先生が完全復活した。

このときの手術の傷跡が、十八年後の咲千子の人生に大きな影響を与えることになるのだが……。

子宮頸がんの手術後、体調を崩すこともなく、仕事に奮闘し、気付けば、教師としてはベテランの域に入っていた。

子どもたちの手が離れ、経済的にも時間的にも少しゆとりが出てきて、慎吾と二人で旅行をしたり、休日にはランチに出かけたり、映画を観たりと、夫婦二人の暮らしを楽しみ始めていた。

定年まで二年となった年の夏、人間ドックの検査でまた、婦人科の精密検査の知らせが届いた。子宮内に悪性の可能性があるポリープが見つかったのだ。咲千子はすぐに精密検査を受けるため、病院を訪れた。十八年前の術後五年間、定期検査のために通った同じ産婦人科だ。待合室も診察室も、その頃とほとんど変わっていない。ただ、診察室の外に掲示されている医師名の中に、知った名前はなかった。

名前が呼ばれて診察室に入った。人間ドックの結果を見ながら、原田（はらだ）と名乗る女医は、簡単な問診後、

「では、ポリープを切除しましょう。その後、採取した物を病理検査します。それで、良性なのか悪性なのかが分かります。それじゃあ、診察台に上がってください」

と、右手のドアを指した。診察台に上がるのは何度経験しても慣れないし、いい気はしないものだ。

「では、始めますね。力を抜いてください」

ひんやりとした器具が、ぐっとさし込まれる。ぐいぐいとかなり強い力だ。

「んー。どうしようかな。これでは無理やねえ……。上山さん、力を抜いて楽にね」

「こっちでどうですか」

「そうだね。これの方がいいか」

カーテンの向こうで、看護師と原田医師が何か話している。カチャカチャと金属がぶつかるような音がしている。

「上山さん、もう少しおしりを下へずらしてください。はい、いいですよ。もう一回入れますね」

そのとき、ものすごい激痛が走った。思わず力が入る。

「お尻を浮かさないで」

「力を抜いてね。ごめんね。痛いね」

「深呼吸して、力を抜いて」

そんな言葉をかけられるが、ものすごい痛みに反射的に身体が逃げようとする。痛みをそらすために拳を握りしめ、歯を食いしばるが、なんの効果もない。涙が目尻に溢れる。

そんな拷問のような痛みに耐えられなくなり、「もうやめてくださいと叫びそうになったとき、

「上山さん、もう終わりますね」

器具が抜かれる感触があり、激痛からは解放された。けれど、奥の方のズキズキと疼くような痛みは治まらなかった。

「上山さん、診察台が回りますよ。元の位置に戻ったら、下着を着けるときにこれを当ててくださいね。」

看護師がカーテンを開けて、ナプキンを渡した。出血しているんだ。力を入れすぎた両手の指先は白くなり、足はガクガクとしている。ふらふらしながら身支度をして、診察室に戻った。

「上山さん、痛い思いをさせてごめんなさいね。たぶん前の手術の処置で、子宮の入り口が狭くなっていてね、鉗子や器具がどうしても入らないの。ポリープは取れなかったんだけどね、上皮の部分は取れたので、それは検査に出せます。一週間後に結果が出るので、電話でお知らせしますね」

「お疲れ様でした。お大事に」

看護師の決まり文句を背中で聞きながら、「こんなに痛い思いをしたのに、採取できなかったなんて……」と、咲千子は診察室から出てもしばらくの間、待合室の椅子に座って動けなかった。痛みはなかなか引かなかった。

そして一週間後、

「上山さん、異常はありませんでした」

簡単な電話連絡があった。（ポリープは残ってるんでしょ。問題はポリープやのに。もし、悪性だったらどうするんよ）。胸の内は、すっきりしないままだった。

咲千子は、若い頃から懇意にしてきた教員仲間三人に、事の次第を打ち明けた。三人のうち二人は、五年ほど前に子宮筋腫に罹患（りかん）し、二人とも子宮全摘出の手術を受けていた。

「閉経しているんやったら、いっそのこと全摘してもらったら？　そしたら、ポリープが悪性でも良性でも、もう関係なくなるやろ」

「そうやなあ。たしかに全摘すれば、婦人科の病気になることはなくなるよね」

思い切った提案に、咲千子は驚いた。もう一人は、

「全摘って、身体へのダメージとかはないのかなあ」

不安げに尋ねた。

「私の場合は腹腔鏡手術やったたし、傷も残らないし、負担は少ないよ」

「だいたいは腹腔鏡手術やわ。私もそうや」

「一回、お医者さんに相談してみたら？『ポリープが残ったままなのは心配だから、全摘してください』って」

三人は、このまま放置するのは良くないから、と全摘出手術することを勧めた。

咲千子は、家に帰って慎吾にこの話を伝えた。慎吾は、「俺にはよく分からんけど、医者に相談してみたら」と答えた。背中を押してくれるような返事を期待していたので、ちょっとがっかりした。自分の考えを言うには、なんの知識もない慎吾である。ましてや婦人科のこと。仕方ない。咲千子は、「このまま放っておくなんてできない。もしがんなら待ったなしだ。決めるのは自分だ。よし、子宮を全摘出する手術をする」と心に決めた。

次の金曜日、咲千子は診察室で原田医師に「子宮全摘手術をしたい」と申し出た。原田医師は一瞬目を大きく見開いたが、

「その前に、もう一回ポリープを取ることを考えてみましょう。全身麻酔をすれば、痛みは全く感じないままポリープを取ることができます」

咲千子の勇み足を止めるような口調で、新たな提案をしてきた。

「それも日帰り手術なので、その日のうちに帰れます。そうしませんか？」

「そんな方法があったのか。それならそうと早く教えてくれたら良かったのに」と、喉元まで出かけたのをなんとか飲み込み、その提案を受け入れた。

手術の日、慎吾も付き添ってくれた。約一時間の手術。病室で麻酔から覚めた咲千子のところに、原田医師がやって来て告げたのは、さらにがっかりする言葉だった。

「上山さん、やはり、ポリープを取ることはできませんでした。器具がどうやっても入りませんでした。おそらく、十八年前の手術の後の処置で、子宮口が極端に狭くなっているのだと思われます。でも、ポリープの近くの組織は採取したので、検査に出します。一週間後に来てください」

病院を出たのは、夕方の五時を回っていた。朝から絶食だったせいか、麻酔のせいか、よく分からなかったが、頭がクラクラして足に力が入らなかった。身体中から虚脱感がにじみ出ていたのだろう。

「おなか空いたやろ。なんか食べて帰ろ」

そう言って慎吾が車を駐めたのは、コーヒーがおいしいことで評判の喫茶店だった。サンドイッチとコーヒーを口にしたら、少し心が落ち着いた。

一週間後、検査の結果は異常なしと言われるだろう、と咲千子にも予想はついた。はたして、その通りの結果だった。釈然としない様子の咲千子に、

「上山さん、ＭＲＩを撮ってみませんか？　悪性の物があれば、かなり正確に分かります。それで、もし、ポリープが悪性の可能性があれば、全摘出手術をしましょう」

原田医師は、咲千子の目を真っすぐ見て話した。それなら文句ないだろう、とでもいうかのような表情だ。（なら最初からそう言ってよ。こんなに痛い思いを何回もしたのに）と思ったが、今更言っても仕方ない。

「そうします。お願いします」

なんだか虚しくなりながら、駅に向かった。「でも、次の方法があるのなら、きちんと診てもらおう」と、空を見上げた。季節はすっかり晩秋だ。

ＭＲＩを受けたのは、最初に病院を訪れてから既に二カ月が過ぎた十一月の終わりだった。ＭＲＩの結果は、咲千子にも原田医師にも思いもよらないものだった。子宮のポリープよりも、気がかりな物が見つかった。右側の卵巣が異常に腫れているというのだ。しかも、悪性腫瘍の可能性があるというのだ。原田医師は、コンピュータの画面を見ながら、

「上山さん、子宮全摘手術をした方が良さそうですね」

と告げた。

咲千子が全摘出手術を受けたのは、奇しくも十八年前の手術の日と同じ十二月二十四日。しかも、病室も同じ六〇一号室だった。仕事は一月二十五日まで休職する手続きをしていた。当日は、慎吾と結夢、咲千子の両親が来てくれた。手術室までは歩いて移動だ。手術室の手前でみんなと別れた。十八年前とはずいぶん様子が違っていて、手術室の中は暖かかった。手術台に横になり、麻酔医が何やら話しかけているのを聞きながら、深い眠りに落ちていった。

麻酔の副作用で、二日ほどは強い吐き気に襲われて苦しんだが、その後は順調に回復し

た。三日目に原田医師に呼ばれ、診察室で術後の経過を診察してもらった後、衝撃的な画像を見せられた。それは摘出した子宮などの写真であったが、その中に表面を血管が這うように覆っている、大きく膨らんだ卵巣があった。咲千子が見ても、それはおぞましくなるほどの異様な物体だった。

「やはり卵巣がかなり腫れていて、しかも、血管が新しく作られ始めています。私もたくさんの手術をしましたが、こんな状態の卵巣を見るのは初めてです。今、病理検査に出しています。検査では、これを細かくいくつにも切って、悪い物がないかを調べます。結果が出次第お知らせしますが、一週間はかかります」

見た目にもグロテスクなその卵巣は、結果を聞くまでもなく、がん細胞が潜んでいることを暗示しているように見えた。

前回のような予期せぬ出血もなく、無事に二十九日には退院できた。術後に摘出した部位の実物を見ている慎吾は、異常な腫れ方をしている卵巣に驚いたようだったが、胎児を十カ月間育てる子宮があまりに小さいことにも、驚いたと言っていた。

年が明けて四日。東京から優が帰省し、結夢も帰ってきて、久しぶりに親子四人の水入らずのひとときを過ごすことができた。

結夢が恋人と住むアパートに戻り、優も東京に戻った五日の夜。固定電話が鳴った。時計を見ると九時を回っている。こんな時間に誰かなあ、と電話の番号ディスプレイを見ると、咲千子の病院の電話番号が表示されている。

「病院からや」

咲千子が言うと、ソファに寝転がっていた慎吾が起き上がって、咲千子の方を見た。

「もしもし、上山です」

「上山咲千子さん本人様ですか？」

「はい、そうです。明けましておめでとうございます」

「私、主治医の原田です。こんな時間にごめんなさいね。病理検査の結果が出たのでお電話しました。本当は二十九日の夜には分かったのですが。お正月はゆっくりされた方がいいと思いまして」

受話器を持つ手に力が入った。

「やはり、悪性の物が見つかりました。それで、次の治療に進む必要があるので、九日の二時に来ていただきたいのですが」

「そうですか。分かりました。九日の二時に伺います」

受話器を置いて、一呼吸置いてから、

「悪性の物が見つかったって。九日に次の治療の相談に来てくださいって」

一気に話した。

「そうかあ……」

慎吾はきっと、次の言葉を探していたのかもしれないが、その言葉をかけられると動揺を見抜かれそうで、

「あの卵巣見たときから、そうやろうと思ってたわ。原田先生も見たことないって言ってたし。だって血管が育ってたんやで。そりゃそうやわなあ……。先にお風呂入ってくる」

慎吾に背を受けたまま部屋を出た。

手術の影響で湯船に浸かれない咲千子は、シャワーを全開にした。不思議と涙は出なかった。あの画像を見たときから、覚悟はできていた。ただ、これから先、どうしよう。私のがんはどこまで進んでいるのか。どんな治療が待っているのか。仕事はどうしよう。私の

復帰を待ってくれている子どもたちに申し訳ない。次々に考えなければならないことが押し寄せる。

排水口に吸い込まれていく湯を見ながら、

「落ち着いて。まずは治療の相談だ」

声に出して言ってみた。

「やれることをやるしかないんだからね。いろいろ考えても仕方ない。咲千子、大丈夫だ」

もう一回、声に出して言ってみた。ちょっと力が涌いてきた。

「咲千子、子宮全摘手術をして良かったやん。よく決心した。ポリープが簡単に取れていたらきっと、卵巣がんは見つからなかったんや。十八年前の手術の後の出血のおかげや。もっと後でがんが見つかったとしても、手遅れになっていたかもしれない。この段階で見つかって良かったんだよ。生きられるんだよ。ちゃーんと神様は見ててくれてるんや。人生、何があるか分からないよなあ」

熱い湯で顔をごしごし洗うと、さらに力が涌いてきた。

診察室で原田医師は、次のような話をした。

がんは明細胞腺がんといって、たちの悪いがんで、再発や転移の確率が非常に高いこと。

転移を防ぐために、リンパ節を六カ所切除する手術を行うこと。

開腹手術であること。

リンパ節を切除すると、リンパ浮腫を発症する可能性があること。

そして、がんはステージⅠのａ期で、ごく初期であること。

絵や文字で、次の手術や治療について、丁寧に説明してくれた。

手術は二月五日に決めた。咲千子は病休を三月末まで延長した。次の手術までに、体力を付けようと、夕食前に欠かさずウォーキングをした。腹腔鏡手術だったとはいえ、術後はほとんど運動らしいことをしていなかった。

　仕事もクラスの子どもたちのことも、気がかりだった。研究部の主任をしている咲千子は、同僚に連絡し、家まで来てもらい、引き継ぎをした。直接会えない子どもたちと保護者には、悩んだ末に手紙を書いた。『もう少し会えない』と。『ごめんね』と。書きながら涙がこぼれた。本当につらかった。

「大丈夫。絶対に元気になって戻るから」

手紙を投函しながら、自分に言い聞かすようにつぶやいた。


手術の日、慎吾と結夢が病室で咲千子を見送った。少し長い手術になると、看護師から告げられていたようだった。

術後、一日目は、前回と同じように嘔吐したり動悸がしたりと苦しんだが、二日目には歩いてトイレに行くようにと、排尿の管は外された。腕には点滴の管、左腹部には体液を排出するドレーンの管とパックがぶら下がり、開腹手術した傷はサージカルテープが三十枚くらい貼られて、ラップのような物が貼り付けられている。全長三十センチくらいの傷らしい。背中には痛み止めを直接注入する針と管とそれにつながるスイッチのようなものがあり、心電図の装置も首からぶら下がっている。歩くと付属品がぶらぶらして、なかなか大変だ。

手術後三日目に、看護実習生がシャンプーをしてくれた。さっぱりしたと喜んでいたのも束の間、シャンプー室への移動の際にドレーンの管が何かに引っかかって引っ張られ、差し込み口から体液が漏れてしまった。パジャマや下着はびしょ濡れになった。看護師が大きめの生理用のナプキンとガーゼで、なんとか漏れるのを防ぐ処置をしてくれたが効果なく、その後も漏れ続けて大変だった。医師には伝えられていなかったらしく、応急処置のまま一日過ごした。見舞いに来た結夢が、「これはちょっとひどい。なんとかして欲しい」と、ナースステーションに行って、抗議したようだ。結夢が帰ってすぐに、病棟の医師が来て、ドレーンを挿入し直してくれた。漏れはピタリと止まった。

安心して本を読んでいると、インターホンから、

「痛み止めの麻酔の装置と針を外すので、処置室に来てください」

と、連絡があった。処置室に行くと、

「いつまでも痛み止めに頼っていては良くないので抜きますね」

そう言って、看護師が手際よく針を抜き、痛み止めの薬の装置を外した。

病室に戻って、ものの三分もしないうちに、腹部にものすごい痛みが押し寄せてきた。どんな体勢を取っても痛みは治まらない。ドレーンの差し込み口をかばいながら、背中を丸めて凌（しの）ごうとしたが、どうしても無理だ。十分間ほど我慢したが、ついにナースコール

のボタンを押した。

「はい、どうされましたか」

看護師がスピーカー越しに尋ねる。

「あの、おなかが痛くて、我慢してたんですけど、治まらなくて」

「分かりました」

看護師がやって来た。そして真っ先に言った言葉が、

「我慢したらだめでしょ！」

だった。

「少ししたら治まるかと思ったので」

「それは、患者さんが判断することではありません」

痛み止めと胃薬の錠剤を移動式のテーブルに置いた後、後ろ手にドアを閉めながら、看護師は冷たく言い放った。医者や看護師はいつも「我慢しないで困ったことがあれば、なんでもすぐに言ってくださいね」と言う。でも、患者は、「こんなこと言って迷惑じゃないのか」とか、「今は痛いけど、我慢していたらそのうちに痛みは引いてくるのではない

か」などと考えて、言い出すのを躊躇するものだ。病院ではだめな「我慢」をついついしてしまう。このときの咲千子もそうだった。

（えっ？　なんで、叱られないとあかんの？『大丈夫ですか？』の一言もないなんて。なんやの？　冷たすぎる）

あまりの理不尽さと強い痛みに、涙がこぼれた。腹が立った。悔しかった……。

一時間たっても、薬は効かなかった。『我慢したらだめでしょ！』という、看護師の言葉がよみがえる。咲千子は再びナースコールした。先ほどとは違う看護師が来たので、内心ほっとしながら、

「薬は効きません。痛みを抑える点滴をしてください」

と訴えた。

「点滴ですか？」

看護師は、いぶかるような表情で咲千子を見る。

「原田先生は、『痛かったら点滴でもなんでもしてもらいなさい。我慢することはありません』って言ってはりました」

と、強気で言った。

「点滴ねえ」

看護師はいったん出て行ったが、点滴のパックと台を持って戻ってきて、針につないでくれた。

三十分ほどして点滴の効き目か、ようやく痛みが引いてきた。鈍痛は残っているものの、ずいぶんましになった。テーブルの上に届けられていた手つかずの夕食を、少し食べることができた。

その後、数日して原田医師の判断で、まだ少し体液は出ていたものの、ドレーンの管を抜いて縫合した。やっと自由に動けるようになり、院内のコンビニまで歩いて行けるようになった。

次の日、もうすぐ退院できると知らせに来た原田医師は、この先の治療について話し始めた。

「普通はこの後、抗がん剤治療をします。上山さんは初期のがんでしたが、前にもお話ししたように、再発や転移の可能性がとても高いがんです。がん細胞を完璧にやっつけるためには、抗がん剤の治療をした方がいいと思います。今の抗がん剤治療はいろいろと改善されてきたので、よくドラマで出てくるような吐き気は、ほとんどないですよ」

抗がん剤治療を受けないという選択肢はないかのようだ。

「抗がん剤ですか？　それをしないと再発するかもしれないっていうことですか？」

抗がん剤についてあまり知識はなかったが、吐き気や脱毛や倦怠感などの副作用のことは知っていた。即答はできない。

「絶対再発するとも言えないし、再発しないとも言えないけれど、抗がん剤治療をすることで、再発のリスクが減ることは確かです。治療は、四日間入院して抗がん剤を投与します。その後、四週間空けて次の抗がん剤を投与します。それを六クール行えば終わりです」

「あの、すぐに決めないとだめですか。仕事のこととか考えないとならないし、家族にも相談したいです」

「分かりました。でも、抗がん剤治療の入院はすぐに予約で埋まってしまうので、できれば退院の日に予約しておいた方がいいんですよ」

そう告げて出て行った。

咲千子は、その日仕事帰りに立ち寄った慎吾に、原田医師からの話を伝えた。

「あなたは、どうしようと思ってるの？」

慎吾はそう言った。（自分の考えは言ってくれないんだ）。咲千子はそう思ったが、（最後は自分で決めることだよね）と思い直し、

「もう少し考えてみる」

と答えた。その夜、仕事のことを考えた。結局、三月末になっても仕事には戻れない。六年生の女の子は、三年間一緒に学んできた。それなのに、卒業式にも出てやることができない。一年生の三人は、入学してから一から教えてきた子どもたちだ。五年生の男の子は友達関係で悩んでいたけれど、その後どうしているだろう。どの子たちも愛おしくてかわいい。

抗がん剤の治療を始めたら仕事復帰はますます遠のく。でも、もし治療を受けないと決めて、今後再発したら、きっと後悔するだろう。再発や転移が見つかれば、今以上につらい手術や治療が待っている。命を落とすかもしれない。でも、がんは初期の段階だったから、このまま寛解するかもしれない。でも、後で「あのとき抗がん剤治療をしておけば良

かった」と後悔するのは嫌だ。考えれば考えるほど、堂々巡りだ。決めるのは自分だ。咲千子は決心した。

「抗がん剤治療を受ける」

翌日、慎吾に抗がん剤治療を受けることを告げた。

「また、入院で迷惑かけるけど。ごめんね」

慎吾は、

「どんな副作用やリスクがあるか、原田先生に聞かなあかんな」

そう言って、聞きたいことをメモするようにと咲千子に言った。慎吾もインターネットで抗がん剤の副作用などについて調べたようだった。でも、「がんばろうな」「よく決心したな……」とか、もう少し違う言葉を期待していたのに。

慎吾だって、本当はもっと違う言葉をかけるつもりだったのかもしれない。気持ちを素直に言葉にするのが苦手だということは、咲千子も分かっている。きっと一緒にがんばろうと心を決めたはずだ。だから、慎吾を責める気持ちはなかった。

退院の翌月から抗がん剤治療が始まった。毎月第一週目の水曜日に入院、翌日抗がん剤投与、経過観察と吐き気止めなどの点滴で一日過ごし、土曜日に退院というスケジュールだ。これを六回行う。治療が終わるのは、八月の予定だ。咲千子は、病休期間を九月末まで延長した。

抗がん剤は劇薬だ。看護師も直接肌に触れないように、ゴム手袋をして点滴の針をつなぐ。万が一漏れて触れるようなことがあると、皮膚に炎症が起こるそうだ。拒否反応や強い副反応が現れた場合、すぐに対応できるように、一回目の投与の際は、医師と看護師が十五分間、患者のそばで経過観察をする。咲千子の場合もそうだった。まだ若い医師は、ベッドの横の椅子に座り、病院食の味が薄いことや、他の大学病院と掛け持ちで働いていることなど、とりとめもないことを話していた。おそらく咲千子の不安を和らげるために、十五分間話し続けてくれたのだろう。咲千子は、話を聞きながらもずっと、眠気と闘っていた。医師の話に返事をするのも、うつらうつらになる。

「あの、すごく眠いし、顔が火照ってきました」

「この薬にはアルコールが入っているからね。眠かったら寝てもいいですよ」

咲千子は、そのまま看護師に起こされるまで、一時間くらい眠っていたようだ。

幸い、拒否反応や強い副反応は起こらずに、その日は計六本の点滴を、約九時間かけて投与した。吐き気止めや抗アレルギー剤を服薬していることもあり、原田医師が言った通り、吐き気は全くなかった。食事も普通に食べることができた。点滴の針が刺さっているところは少し痛いが、他はどこも痛くないし、だるいこともない。

次の日、点滴の合間を縫って、お茶を汲みに水筒を持って談話室に行くと、

「つらいのは、退院してからや」

という声が聞こえた。

「私三回目やろ。だんだん慣れてきたけどなあ」

七十代と思われる女性が、面会に来た友人に話している。

「入院中は薬や点滴で、ウトウトしてるし、大丈夫や。そやけど、家に帰ってからがきつい。だるいし吐き気はするし、何もでけへんで」

「そうかあ。それはつらいなあ」

その女性は、いわゆる〝ケア帽子〟という柔らかい布でできた、頭皮を保護するための帽子をかぶっていた。

「それにな、抜けるのは髪の毛だけちゃうで。眉毛も抜けるし、下の毛もな、抜けるねん」

友人の耳元に顔を近づけて、口を覆うようにして話している。

「家のことは誰がしてはるの？」

「そりゃ、旦那や」

サーバーから注いだお茶がいっぱいになったので、咲千子は談話室を後にした。入院前に、インターネットや本を読んで、抗がん剤の副作用や卵巣がんの治療について、いろいろな情報を得ていた。脱毛については覚悟していた。けれど、退院してからがつらい、というのは初めて知った。

「明日、家に帰ってからが大変なんかあ。でも人それぞれやし。私はなんともないかもしれないやん」

そう声に出して言った。悪いイメージを消すために。

病室に戻ると、看護師が午後の点滴の準備をしていた。この後、夕食をまたいで八時まで二本の点滴がある。

「上山さん、おしっこの量も続けて記録してくださいね。水分もしっかり取ってくださいね。何か変わったことはないですか」

点滴の針と管をつなぎながら、看護師がマニュアル通りに話す。

「特にないです」

「はあい。分かりました。点滴が終わったらナースコールしてください」

そう言って出て行った。看護師や医者にとっては数多くの患者の中の一人に過ぎないのだろうが、咲千子にとっては、すべてが初めてで、マニュアルなんてない。（もう少し人の顔を見ながら、患者の気持ちに寄り添って対応してもらえないかなあ）と、内心ムッとしながらベッドに横になった。

（でも、寄り添い過ぎるのもだめなのかも。感情移入したら、冷静に対処できないかもなあ。患者一人ひとりに寄り添うなんて、できないんかなあ。なかなか難しい仕事やなあ。でも、もうちょっと寄り添って欲しいなあ）

そんなことを考えていたら、いつの間にか眠っていた。

次の日の昼すぎ、慎吾が車で迎えに来てくれた。荷物を持とうと手を出すので、

「ありがとう」

と言って渡した。

「重い物を持ったり、長時間同じ姿勢で過ごすのは、リンパ浮腫を誘発することもあるので気を付けてください」

リンパ節を切除した手術の後の退院時に、看護師が咲千子に告げるのを慎吾は隣で聞いていた。それ以来、入退院のときや、スーパーに買い物に行ったときなどは、慎吾が荷物を持ってくれるようになった。以前は、咲千子が重い荷物を提げていても、無頓着だった。

（病気になっていいこともあるな。元気になっても甘えとこっと）

そう咲千子の心の声がつぶやいた。

あのケア帽子の女性が言っていた通り、病院からの帰りの車の中で、既に両足が異常にだるくなってきた。自宅までは一時間足らずで着くが、節々や筋肉も、嫌な張りを感じ始

めていた。ちょうど、風邪の引き始めの熱が出る前のような感じだ。

「お昼ご飯、どうする？　どっかに寄って食べる？」

「んー。軽いものでいいなあ」

咲千子はだんだん強くなる痛みがつらくなってきて、早く家に帰って横になりたかった。

「スーパーとかのサンドイッチでいいよ」

「了解」

途中のスーパーで慎吾が買い物をする間も、「待ってる」と言って、車から降りなかった。動きたくなかったし、顔見知りに会うのも嫌だった。シートを倒して目を閉じて、慎吾が戻るのを待っていた。

家に着いて、荷物から洗濯物を出して洗濯機に放り込んだ頃には、動くのがつらくなっていた。慎吾は、「明日の会合の準備に行く」と言って、昼食も摂らずに出かけていった。咲千子は、薬を飲むために食事をしなければならないので、サンドイッチをなんとか食べ終えて薬を飲み、そのままソファに横になった。節々の痛みや筋肉の張りは、さっきよりもきつくなっていた。目を閉じたまま痛みに耐えた。その痛みやだるさは、三日間続いたが、それでも四日目からは少しずつましになり、一週間もすると、すっかり消えていた。

ただ、指先や足先のしびれはずっと続いていた。そして、たびたび激しい胃の痙攣に襲われ、胃液が出るまで嘔吐した。（これが抗がん剤の副作用かあ。脱毛だけじゃないんだ。これはしんどいなあ。退院後のことはお医者さんは知らないもんなあ。原田先生、つらいよ～）。抗がん剤の副作用を、身をもって思い知った。

「抗がん剤は、がん細胞だけと違って、元気な細胞まで壊すんよ。だから、受けないで済むんなら、やらないに越したことはないと思うよ。私はやらなかったから。でも、再発率が高いって分かってるんやったら、悩むとこやなあ」

これは、咲千子が卵巣がんと分かり、朋子に相談したときの言葉だ。朋子も五年前に乳がんを患っていた。朋子は、全摘も抗がん剤治療も断って、いわゆる民間療法や、食事療法で乗り切ってきた。それでも咲千子は、抗がん剤治療を受けると自分で決めたのだ。

「こんなにつらいんだ。まだ、一回目なのに。これから、もっとつらくなるのかもしれないなあ。嫌やなあ」とつい弱音を吐きたくなる。それでも、自分で選んだのだから、弱音は吐けない、と唇をかんだ。

脱毛が顕著になってきたのは、三回目の治療が終わった頃だった。風呂で髪を洗うと、ぼそぼそと指の間に絡みながら抜けていく。ドラマで見るようなシーン。身体中の細胞を壊していく抗がん剤が憎かった。詰まってはいけないので、排水口にネットをセットした。抜けた髪の毛を慎吾に見られないように、紙に包んでゴミ箱に捨てた。知らず知らずのうちに涙が頬を流れていった。ドライヤーをかけると、残っている髪の毛が風圧で抜けてそこら中に飛んでいくので、洗面台や床には新聞紙を敷かなければならなかった。これは、インターネットで知った方法だ。（世の中には何十万人という人が、がんと闘っているんだ。私だけじゃないんだから）と思いながらも、一方で、（私が闘っているのは、がんではなく、抗がん剤だ。がんの痛みなんて全くなかったし、もうこの身体にがんはないのに。なぜこんなに苦しまないといけないんだろう）と、抗がん剤治療に対する理不尽さも強く感じていた。でも、（自分で決めたことだから、泣き言は言わない）と思い直す。そんなことの繰り返しだった。

ケア帽子をかぶり始めてから、慎吾に一度だけ、髪の抜けた頭を見せたことがあった。慎吾は一瞬驚いた表情をしたが、何も言わなかった。

「こうなってるっていうこと」

　咲千子はそう言って、すぐにケア帽子をかぶり直した。何も言わなかったのは、慎吾の優しさかもしれないと思った。


　この頃は、少し歩いても息切れがするし、立ちくらみやめまいもしょっちゅう起こるので、ゆっくりとした動作で生活するように心がけなければならなかった。定期検査でも、白血球の数値が異常に下がっていた。感染症には要注意だった。

　季節は初夏を迎えていたが、外出するときは、マスク、帽子、長袖、長ズボンが必須で、虫刺されや日焼けにも要注意だった。入院中は、薬のせいもあるのだが、昼間はとにかく眠かった。でも点滴が外される夜は、目が冴えて眠れない。看護師の巡回の目を盗んで、枕元の電気を点けて本をたくさん読んだ。家にいる期間は、好きだった裁縫を再開した。子どもたちの育休以来である。鞄や洋服やケア帽子をたくさん作った。また、通信講座でレクリエーション介護士の資格を取ったり、通信教育で図書館司書の勉強をしたりして時間を過ごした。

一人で家にいると、ときどき大きな罪悪感や不安感に襲われることがあった。かわいい教え子たちに、「すぐに戻る」なんて嘘をついてしまった。再発したらどうなるんだろう。仕事を休んで、こんなことをしていていいんだろうか。抗がん剤治療をしながら働いている人もいるらしいのに。リンパ浮腫を発症したらどうしよう。病気にならないための治療が、なんでこんなに苦しくてつらいの。それも元気な細胞まで殺して……。

考えれば考えるほど、負のスパイラルに引き込まれていく。

そんなとき咲千子は、

「絶対に元気になって、また、子どもたちと一緒にがんばるんだ。これ以上ひどいことにはならない。今が一番しんどいときだ。私は大丈夫」

声に出して言った。そうやって自分で自分を励ました。

治療入院の合間の体調が良いときは、慎吾がいろいろな所に連れて行ってくれた。ランチに行くこともあったし、映画を観にいくこともあった。少し遠出をして観光名所に連れて行ってくれたこともあった。そういうときは、咲千子もウィッグをつけ、少しおしゃれをして出かけた。慎吾は特に何も言わないが、つらい治療に立ち向かっている咲千子を少しでも元気づけようとしてくれていたのだろう。治療入院の日が近づくと、気持ちが暗くなってくる咲千子だったが、慎吾との穏やかな時間を過ごすことで、次の治療もがんばろうと思えるのだった。

全摘手術を提案してくれた教員仲間たちも、ケーキを持ってたびたびお見舞いに来てくれた。

とりとめもないおしゃべりに花を咲かせるだけで心が元気になった。

咲千子の最後の治療が終わったのは、八月の第一土曜日だった。原田医師が、

「上山さん、よくがんばったね。この後も、しっかり経過観察をしていきましょうね。当面は一カ月おきの受診になります。必ず受けてください」

と、念を押した。

慎吾は、咲千子の入退院の送り迎えだけでなく、入院中はほぼ毎日、仕事帰りに車で四十分ほどかけて来て、病室に顔を出してくれた。家族の面会時間は午後八時までだが、いつも面会時間終了の放送が入るまで、ベッドのそばで過ごした。咲千子はその日の治療の

内容や、病院での出来事などを話した。慎吾は咲千子の話を聞いていることの方が多かったが、それでも顔を見せてくれると、咲千子はうれしかった。そして、ありがたかった。慎吾も、誰もいない家に帰る前に咲千子の顔を見ることで、気持ちが落ち着いたのかもしれない。

咲千子は、予定通り十月に仕事に復帰した。まだ手足のしびれはあるし、髪の毛も眉毛も元のようには生えてきてはいなかった。それでも眉を描き、ウィッグを着けて出勤した。職場の同僚は、管理職も含めて、みんな温かく迎えてくれた。十二月までは補助員も付いた。けれど、咲千子のクラスは既に別の教員が担任しており、咲千子は、別のクラス担任として復帰することになっていた。やむを得ない現場の事情なのだが、復帰する前に管理職から電話があってそう告げられたとき、咲千子は愕然とした。手塩にかけて育ててきた子たちである。子どもたちにも保護者にも、「必ず戻ってきます」と約束したのに……。咲千子は、無念で、申し訳なくて、仕方なかった。その夜、布団の中で声を押し殺して泣いた。病気になった私が悪い。誰にも文句は言えないんだ。悔しい。泣いても仕方ないと分かっていても、涙は止まらなかった。

復帰初日、新しく担任する子どもたちと対面した。初めて出会う子たちもいたが、休む前から知っている子たちもいて、「さちこ先生！」と駆け寄ってきてくれた。みんな、とてもかわいかった。

「私は今日からこの子たちの担任なんだから、この子たちのためにできることを、精いっぱいやろう」

そう気持ちを切り替えたら、元気が出た。

体調が悪い日もあったが、仕事をしている方が気持ちに張り合いがあり、不思議なくらいパワフルに動けた。ただ、弱った胃はその後も何度か痙攣を起こし、そのたびに嘔吐した。体重もどんどん減っていった。リンパ管炎にもかかった。高熱と両足のリンパに沿ってできた発疹の痛みに苦しんだ。七種類もの薬を三週間飲み続けた。白血球の数は相変わらず少ないままで、疲れやすく、立ちくらみにも悩まされた。

「大丈夫。これ以上悪くはならない。だんだん元気になっていくはずだ。がんばれ、私」

そう言い聞かせて乗り切った。そして、子どもたちの前ではいつも笑顔で過ごした。家

に帰って鞄を投げ出し、
「はあ〜。疲れた〜」
とソファに横になって天井を見上げる。人前で弱味を見せない、負けず嫌いな性格は変わっていないなと、苦笑いすることも多かった。

仕事に復帰して半年が経ち、新年度が始まった。咲千子の定年退職に向けての一年が始まったのだ。この一年間は、自分の教員生活の集大成と思ってスタートを切った。最後に子どもたちと、「あれもしたい、これもしたい」とわくわくしながら、新年度を迎えたのだ。何をするのも「これが最後なんだ」と感慨深かった。みんなで夢中になって取り組んだ劇遊び。手作り教材での算数の勉強。各自の好きな楽器を使って合奏にも挑戦した。泣いたりおこったりしても、最後は笑顔になる子どもたち。咲千子は、子どもたちとの時間を大切に過ごしていたし、クラスみんなで育ち合っていることを実感していた。

ところが、予期せぬ事態が起こった。年末に発見された新型コロナウイルスはあっという間に世界中を恐怖に陥れた。二月の終わりから突然休校となり、退職前の一カ月間は子どもたちと全く会えない、というつらい日々を送ることになった。「こんな終わり方って、あまりにもつらすぎる。最後の年にこんなことになるなんて」。咲千子は悔しかった。

離任式の日は、自主登校にもかかわらず多くの子どもたちと保護者が、花束と寄せ書きを持って集まってくれた。コロナ禍の中、握手もハグもできないのはつらかったが、子どもたちと保護者に手紙を書き、感謝と別れの言葉を届けた。

そうして迎えた新年度。咲千子は定年退職はしたが、非常勤講師として引き続き同じ学校で勤務することに決めた。月、火、水曜日の週三日の勤務だ。担任ではなく補助員となった。けれど、コロナ禍のため、学校は引き続き休校中であった。子どもたちと再会できたのは、新学期が始まってから二カ月後だった。

## 結夢の人生

結夢は大学を卒業して、アパレル関連の会社に就職した。二年目から大型商業施設内のテナントに入った店の店長に抜擢され、三年目には地域にいくつかある店舗を統括するエリアマネージャーとして、忙しいながらも充実した毎日を送っていた。学生時代から付き合っていた彼とも一緒に暮らし始め、まさに順風満帆だった。そうして、さらなるキャリアを積もうと、いったん退職して、大手広告企業の契約社員として新しい一歩を踏み出していた。咲千子にもときどき電話で、新しい仕事への意気込みや、仕事のやりがいを報告してきていた。

結夢の様子がおかしくなったのは、咲千子のリンパ節切除の手術の直前だった。泣きながら電話をかけてきたのだ。電話の内容はこうだ。

仕事で、何百万円もの契約を結ぶ。もし、自分が上手にプロデュースできなければ、その店は事業に失敗して路頭に迷うことになる。そんなことを考えると不安で仕方ない。最近、取引先に向かう途中で、気分が悪くなったり過呼吸になったりして、電車を途中下車することが増えてきた。嘔吐や下痢が続き、内科を受診して処方された胃腸薬を服用しても効かない。会社の仲間や上司は、「無理しなくていい」と気遣ってくれるが、申し訳ないし、自分が不甲斐ない。今は、時差出勤したり、外回りを減らしたりしている。あと少しで正社員になれるのに。どうすればいいのか分からなくなってしまった。

咲千子は話を聞きながら、結夢はパニック障害を起こしているんだと思った。責任感も強いし、相手の気持ちを考えることもできるけれど、それが必要以上に強すぎるきらいがある子だ。その重圧が知らない間に自分を苦しめている。そして、咲千子譲りの負けず嫌いときている。自分の心が折れそうなことを認めたくないのだ。

「結夢、しんどいなあ。それでもがんばってるんやなあ。一回休憩したらどう？　お母さんの職場にも、結夢と同じような症状で苦しんでた人がいはるんよ。その人、心療内科に通ってはる。はじめは胃腸の病気だと思って、胃カメラ検査もしたし薬も飲んでたけど、全然治らへんし。それで内科のお医者さんに、『心療内科を受診したら』って勧められたんやって」

「その人、今どうしてるん？」

「今は、仕事休んで休養してはる。薬も飲んでるって言ってはった」

「そうなんやあ。私もそうなんかなあ。亮(りょう)ちゃんは、仕事休めって言ってる」

「お母さんもそう思う。心療内科、一回行ってみたら？」

「そうやなあ。お母さんもしんどいときやのに、ごめんな。ありがとう」

「お母さんは大丈夫やで。しんどいこともなんともないねん。治療方法もはっきりしてるから。今は自分のこと考え」

咲千子は、同僚が通っている心療内科が、ちょうど結夢の住所の近くだと気付いたので、その病院の名前を教えた。

結夢は、次の週に恋人の亮ちゃんに付き添ってもらって、その病院を受診し、パニック障害と診断された。そして、一週間後、職場の仲間に惜しまれながらも退職した。キャリアにこだわる結夢の頑なな心を解したのは恋人だ。あまりにも弱っていく結夢のことを見ていられなかったようだ。

「身体壊してまで働いて、何がキャリアやねん。元気になったらいつでも思いっきり働けるやろ」

半ば叱るように、結夢を説得してくれたのだ。

抗がん剤治療の入院中に、結夢がときどき見舞いに来た。その頃結夢は、アルバイトではあるが、少しずつ働き始めていた。体調も徐々に戻ってきたようで、薬の量が減ったそうだ。

「お母さん、亮ちゃんのお父さんも入院してはるねん。胃がんやって。手術しても無理やって言われてるねん。亮ちゃんは、私に負担をかけるからって渋ってるんやけど、籍を入れようと思ってるねん。どう思う？」

どう思うとは言うものの、結夢の決意は固いようだ。

「結夢は籍を入れたいんやろ？　亮ちゃんを支えたいんやろ？」

「うん。お義父さんの看病とか、嫌じゃないねん。私が行って話してると、穏やかにならはるねん。亮ちゃんはそれが『負担やろ』って言うんやけど、全然そんなことないねん」

「亮ちゃんの気持ちも分かるけど、お互いが結婚しようと思ってるんやったら、籍を入れたらいいやん。お母さんに反対する理由はないよ」

「そうやんな。私が思い切らな、いつまでもずるずると行きそうやし。でもな……」

少しためらいながら続ける。

「式は挙げへんねん。お義父さんもお母さんも入院中やし。ウエディングドレスを着て、写真だけは撮るつもりだけど」

「そうかあ。お母さんもこんなんやから、ごめんなあ」

「そういうことじゃないねん。亮ちゃんは、『結婚式にお金かけるくらいやったら、二人でその分旅行した方がいい』っていう考え方やねん」

「そうなん？　結夢はそれでいいの？」

「友達の結婚式、何回も行ってるけど、なんか自分たちはもういいかな、って感じやねんなあ」

「それならいいけど……。父さんに知らせないとね」

「うん。私からも電話する」

亮ちゃんの母親は、八年前に心筋梗塞で急逝している。亮ちゃんの姉二人は遠方にいて、それぞれが家庭を持ち、子どもも小さい。なので、必然的に亮ちゃんと結夢が世話をすることになっていた。

二人は、結夢の三十歳の誕生日に入籍した。その後、真っ白な衣装に身を包んだ二人の幸せいっぱいの写真が届いた。けれど、その一カ月後、亮ちゃんのお父さんは息を引き取った。七十歳だった。亮ちゃんのお父さんは、咲千子たち夫婦と会うことを、最後まで拒んだ。結夢を通して見舞いをことづけたが、それも受け取ってもらえなかった。自分なりの思いがあったのだろう。

咲千子は治療の合間だったので、慎吾と通夜に参列することができた。娘の義父となった人に初めて対面するのがこんな形になるなんてと、悔やまれて仕方なかった。棺の中で眠る故人に、

「結夢の母です。生前にお会いすることができなくて申し訳ありませんでした。どうか天国で二人を見守ってやってください」

と手を合わせた。

結夢は今、アルバイトで働いていた会社で、その仕事ぶりが認められて、正社員として働いている。自分がやりたいことを経営者に直談判したり、新しい部門を開拓したりと、仕事にやりがいを感じながら働いているようだ。まだ薬が全くいらなくなったわけではないようだが、亮ちゃんと二人三脚で、自分の人生をしっかりと歩んでいる。

小さい頃から、負けず嫌いのくせに泣き虫で怖がり。でも、自分が決めたことは無理を

してでもやり通す。いったい誰に似たんだか。そんな結夢を、隣で支えてくれているパートナーがいる。

この先、結夢が描くのはどんな人生なのか。咲千子は二人をそっと見守ろうと思っている。

## 優の闘い

咲千子の最後の抗がん剤の治療が終わって一年が過ぎた頃、東京にいる優から電話がかかってきた。優が電話をかけてくるなんて、今までほとんどなかったので、スマホの番号表示を見て咲千子は驚いた。

「もしもし、お母さん。優だけど」

「どうしたん？　優が電話かけてくるなんて珍しいやん」

「実はさあ、体調がすごく悪くて……」

「どうしたん!?」

「めまいとか、頭痛とか吐き気とか、なんかこんなん初めてで……」

「それは大変やん。いつから？」

「一週間くらい前から」

「仕事は？」

「上司に言って休んでる」

「病院は？」

「ふらふらするし、行ってない」

「ご飯は？」

「ましなときにコンビニ行って買ってきてる」

「そうなんや。お母さん行こか？」

「そうしてくれるとうれしいけど。でも、仕事あるやろ？」

「そうやけど心配やんか。明日夜になるけど行くわ」

「ありがとう。お願いします」

電話してくるなんて、よほどのことだ。こんなことは初めてだ。一人でいると不安で仕方なかったはず。咲千子はとにかく、優の顔を見たいと思った。そばで気にしていた慎吾に優の電話の内容を伝え、明日仕事を早めに終えて、東京に行くつもりであると話した。優のマンションへのアクセスを調べ始めた咲千子に、

「車で行くか？」

慎吾も一緒に行ってくれるようである。

「一緒に行ってくれるの？　仕事大丈夫なん？」

「夕方早めに帰って来るやん」

「でも、車は時間かかるし、父さんも疲れるよ」

「そうか……。じゃあ電車やな」

正直、一人で行くのは不安だったので、慎吾が一緒に行ってくれるのはありがたかった。

こうして、二人は次の日の夕方の新幹線に飛び乗った。思えば慎吾と二人で新幹線に乗るなんて、出会ってから初めてのことである。駅で買った弁当を食べながら、東京に着いてからの行動を相談した。優の狭いマンションに泊まるのは無理だろうと、近くのホテル

をスマホで予約した。明日は土曜日だが、診てもらえそうな近くの病院もいくつか探した。

優はＪＲの赤羽駅から荒川の方に十五分ほど歩いた、ワンルームマンションに住んでいる。会社が借り上げているので、家賃は格安だ。

赤羽駅に着き、優に電話をした。「今は少しましで、ふらつきはない」とのことで安心した。マンションに着き、部屋に入ったが、その狭さに二人とも驚いた。荷物が多すぎるのである。転勤が続いたので、開けずに積まれている段ボールが、部屋を占領している。

「どんな様子なん？」

「頭が痛いのと、ふらつきがすごくて、ひどいときは立ってられないくらい」

「仕事中もそんなふうになったことがあるの？」

「うん。早退させてもらっても、電車とか無理やから、ましになるまで駅で過ごして……」

「よし、明日病院に行こう。いくつか調べたぞ」

慎吾がスマホを見ながら、場所を確認し始めた。

次の日、受診した総合病院でＭＲＩを撮ったが、脳にはなんの異常もなかった。結局、頭痛やめまいの原因は分からず、

「様子を見ましょう」

と言われただけだった。脳に異常がなかったことは一安心だった。しかし、原因は分からない。薬が処方されたので、まずは薬を飲んでみることしかできないようだ。昼食を三人で取った後、二人は優の容態を気にかけながらも、東京を後にした。

優の状態は改善することはなかった。自分で探した大学病院の脳外科も受診したらしいが、薬を処方されるだけで、根本的な原因は分からないままだった。

年が明けて、新型コロナウイルスが猛威を振るい始めた。日々更新される感染者数。未知のウイルスに世界中が震撼し始めていた。優の会社も四月からリモートワークになり、在宅勤務が言い渡されたようだった。咲千子は、「満員電車に揺られて通勤する恐怖から解放されるやん。感染も怖いし、頭痛もひどくなりそうやったから、在宅勤務になって良かったやん」と、優にメールを送ったが、優からの返信はなかなか届かなかった。在宅勤務中にも、繰り返す頭痛とめまいに悩まされていたのだ。咲千子が送るメールの返信もなかなか届かず、既読が付かないことが増えた。電話しても出ないときは、気がかりで仕方なかった。

そんな六月のある日、優の上司から自宅に電話がかかってきた。

「上山君ですが、かなり病状が悪いみたいで、私からのメールにも返信が来なくなっています。この際、ご自宅の方で療養されたらどうでしょうか。一人で病気と向き合うよりも心強いと思うのですが」

咲千子は、優はそんなにひどい状態なのかと驚いたと同時に、こうなるまで何もしてやれなかったことを後悔した。そして、申し訳なくて、自分が情けなかった。

「ご迷惑とご心配をおかけしています。すぐにでも自宅の方に戻るようにします。ご連絡ありがとうございました」

受話器を置きながら、ベッドに横たわっている優を思い浮かべると、涙が溢れてきた。

「ごめんね。つらいやろうなあ。しんどいやろうなあ」

咲千子は慎吾に「早く帰ってきて欲しい。優がピンチ」とメールを送った。

梅雨に入り、ジメジメとした毎日が続いていた。咲千子は東京に来ていた。優と一緒に実家に戻るためだ。予想はしていたが、優の部屋は、以前来たとき以上にひどいありさまだった。風呂や洗面台やトイレは、手袋なしでは掃除するのもためらうほど汚れていたし、ベッド回りの床には埃がたまり、洋服が散乱している。足の踏み場もない。そんな中で、ほとんどベッドに横になっているしかない優が、かわいそうで見ているのもつらかった。

「優、掃除していい？」

「ん。ありがとう」

横になったまま返事をする。持参したゴム手袋をはめて、マスクを着けて、風呂場から掃除を始めた。約一時間。水まわりが終わった。次は床。

「ちょっと掃除機かけるけど、うるさい？」

「ん。大丈夫」

今度は布団をかぶって答える。床の衣類は洗濯機に放り込み、書類やノート類は座卓に重ねて置いていった。ようやく床が見えてきたので、掃除機の紙パックを新しい物に交換して、一気に掃除機をかける。空気の入れ換えのために窓を開けたいけれど、南側の窓の下は幹線道路だ。排気ガスと騒音がひどいので、反対側の玄関と西側の小窓を開けた。

冷蔵庫を開けてみる。コンビニで買ったらしい豆腐と、パック入りのサラダ、ドレッシングが入っている。賞味期限は今日の日付。他には何もない。水も調味料も野菜も。炊飯ジャーにはご飯が少し。やかんにはほうじ茶らしきものが入っている。優に尋ねると、どちらも昨日の物らしい。大学生の頃から一人暮らしをしていたが、なぜかご飯とお茶は自分で用意していたことを思い出した。

咲千子は、優から鍵を預かり、持参したエコバッグとショルダーバッグを持って、買い物に出かけた。すぐ近くにはコンビニがあるし、少し歩けば大きな商店街があり、全国展開している大型スーパーもあった。晩ご飯と次の日の朝ご飯になるような物を見繕い、インスタントの味噌汁や、自分のためのドリップ式のコーヒーなどをかごに入れた。ほとんどのレジがセルフレジになっていて、これもコロナの影響かと思いながら、カードで支払いを済ませた。

その日の夜のことだ。姉の朋子から長いメールが届いた。父がかなり弱っていて、自力では歩けなくなってしまった、というのだ。六月九日にコロナワクチンの二回目を接種して、その帰りに母とスーパーで買い物をしているとき、カートを押していた父が急にぺたんと座り込んで立てなくなってしまったらしい。近くの人が手助けをしてくれて、なんとか母の運転する車まで連れていってくれたそうだ。母はすぐにかかりつけ医に駆け込み、点滴を二本してもらい、ようやく父は歩けるようになり、無事に家にたどり着いたとのことだった。医師は、

「脱水症状ですねえ」

と告げたそうだ。父はもともと、出かけるときは水分を極端に控える方だった。最近は思うように歩けなくなってきたこともあり、トイレに頻繁に行くのを嫌がっていた。この日も、接種会場でトイレに行きたくなったら困るからと、朝からコーヒー一杯しか口にしていなかったらしい。

この日を境に、次々と父の体調に異変が起きるようになった。食欲はあるのだが、水分ばかりの嘔吐をたびたび起こすようになった。どこかが痛いわけでもないようだが、自分の足で立って歩くことがかなり難しくなって、家の中でも母が介助しているそうだ。都合を付けて実家に帰って顔を見せてやってほしい。

姉からのメールは、こんな内容だった。

東京に来る前にも実家に電話したが、父は「耳は遠くなったけれど、電話の声はよく聞こえる」と、いつもと変わらない様子だった。体調が悪いことなど、咲千子には一言も言わなかったのに。

咲千子は、優の状態と、自分も東京に来ている旨を書いて、「すぐには帰れない」と朋子に返信した。

「お父ちゃん、ごめんよ。すぐに帰りたいけど。無理やねん。どうか元気になって！」

コロナ禍を理由に、帰省するのを先延ばしにしてきた自分を責めた。でも、今は優をなんとかしてやらないと。「なんでお父ちゃんまで」。咲千子はスマホを握りしめた。

咲千子は土曜日には家に帰るつもりだったが、優が動けるようになったのは日曜日の昼前。東京に来て四日目だった。ベッドから出ると、

「お母さん、なんとか大丈夫そうや。帰ろう」

そう言って、顔を洗い荷物をまとめ始めた。二人が新幹線に乗ったのは一時を過ぎていた。コロナ禍にもかかわらず、下りの新幹線の自由席はほぼ満席だった。東京駅で買った

おにぎり弁当を食べると、優は眠ったのか、目を閉じてじっとしている。咲千子は昨日から続いている頭痛がひどくなりそうで、痛み止めと胃薬を、ペットボトルのお茶で流し込んだ。（変な姿勢で寝てたからかなあ。肩も首もきんきんに凝っている。だいたいあのマンション、頭痛くなりそうな環境やわ。排気ガスもすごいし）。そんなことを思いながら、目を閉じた。名古屋の手前で慎吾にメールをしたら、ありがたいことに、京都駅まで車で迎えに来てくれると返信があった。頭痛を抱えたまま、優を連れて在来線に揺られて帰るのは不安だったので、ほっとした。

次の日、咲千子が職場の養護教諭に優の症状を相談していたら、隣の席で聞いていた男性教員が、

「僕、同じような症状で、何件も病院のはしごしたんですよ。でも、なかなか納得いく診察がしてもらえなくて、最後に見つけたのが、この病院なんですよ」

そう言って、スマホの画面を見せてくれた。枚方市にある病院だ。

「一回行ってみたらどうですか？　同じ原因じゃないかもしれないけど、しっかり説明してくれはりますよ。初診は予約制だったと思います」

渡りに舟のような情報をもらった。咲千子は早速その日の夜に、優にその病院の情報を知らせた。優も自分のスマホで検索して、いろいろ調べていたが、次の日、

「お母さん、明後日の一時に予約したから、車で送ってくれる？」

と、頼まれた。藁にもすがる思い。優も咲千子も、そんな気持ちだった。

その病院の医師は、ＭＲＩの画像を指しながら、丁寧に説明してくれた。

脳に異常はないこと、頭痛の起こる原因はたくさんあり、それが単独で起こる場合もあるし、いくつかが重複して起こる場合もあること、優の問診から判断すると、いくつかの原因が重複していると考えられること。そして、今まで服用していた薬が効かないようなので、別の薬を処方するとのこと、その薬が合うかどうかは、数週間飲み続けなければ分からないこと。

最後に、一カ月後に受診する予約をして、病院を後にした。少しほっとしたが、本当に症状が改善するのだろうかと、不安も残っていた。このとき咲千子は車を運転しながら、十年ほど前にも同じようなシーンがあったなあと、思い出した。そのときは微熱と咳が何日も続き、いくつかの病院を受診したが原因が分からず、四つ目の病院でやっと重い気管

支炎だとわかった。三カ月間病院に通って完治した。けれど、今回はもっと長引きそうな気がしていた。

優の状況はこの後も一進一退で、動けないほどの頭痛や吐き気に襲われ、数日間寝込むこともあれば、趣味のカラオケアプリで歌を歌ったり、近所を散歩したりできる日もあった。

そんな日々を送りながら、三カ月間の病気療養期間を経て、自宅から電車で通える支店で復帰研修が受けられるまでに回復し、一カ月後、通常業務に復帰できた。しかし、復帰二カ月目に今度は発熱。てっきりコロナに感染したものと思い、検査を受けたが、結果は陰性。けれど、職場に感染者が出たということで、優も二週間の自宅待機を命じられた。その間に発熱だけではなく、目のまわりや首や耳が赤くただれ始め、どんどん悪化していき痛々しかった。こんなことは初めてだった。優は口にこそ出さなかったけれど、やり場のない不安感や絶望感を抱え込んでいたはずだ。咲千子はなんとかしてやりたかった。優の身体症状から、なんらかのアレルギーを疑い、幼い頃から朋子の子どもたちが診てもらっていた、アレルギー専門の診療所を受診してみないかと、優に勧めた。

京都市内にあるその小さな診療所は、全国からアレルギーに悩む人たちが訪れる。優の診断の結果は、花粉、ＰＭ２・５、黄砂のトリプルパンチで、皮膚だけでなく、粘膜も傷ついて炎症を起こしているということだった。耳の奥まで炎症が広がり、めまいや頭痛を起こすこともあるとのことだった。漢方薬を処方され、症状を悪化させるいくつかの食べ物を制限するように言われた。自宅待機の二週間が過ぎたが、症状はなかなか改善しなかった。再度三カ月の病気休養を申請した。

結局優は、会社を退職する道を選んだ。大きな決断だったはずだ。発病から三年半。仕事に復帰したいという思い。そうできない現実。治まる気配のない病気のつらさ。毎日が闘いだったのではないだろうか。

会社を辞めたことで、何か吹っ切れたような表情になった。「仕事復帰」という重い足かせを自分で外して、まず一歩前に踏み出せたからだと、慎吾も咲千子もそう思えた。病気との闘いはおそらくまだ続くだろうが、このまま優を見守ろうと決めている。

## お父ちゃんとのお別れ

優が枚方のクリニックを受診した日の夜、母から電話がかかってきた。

「さっちゃん、一回こっちに帰って来れへん？　お父ちゃんがずいぶん弱ってしまってなあ。会っといた方がいいように思うんや。コロナのこともあって、列車に乗るのは心配やけど」

ずいぶん弱々しい声だ。

「この前、姉ちゃんも一緒に病院に行ったんや。あんまりにも嘔吐が続くし、かかりつけのお医者さんが、『大きい病院で詳しく診てもらった方がいい』って言うもんでな」

母の話はこうだった。

医者は、「膀胱がんが再発して、腎臓や尿道に転移している。そのため、尿管が塞がれて水腎症を起こしている。そのせいで、嘔吐を繰り返している。今すぐ入院した方が良い。十一階のベッドを用意する」と告げた。十一階とは、その病院の終末期の患者が入院する所だそうだ。

父は、五年前に膀胱がんの手術を受けていた。その際、医者からは「膀胱を全摘するのが一番安心な方法で、膀胱を残したら余命三カ月」と言われた。かぞえで九十歳になっていた父は、指先が震えて人工膀胱の取り外しが自分ではできないことが分かっていた。それに、父の唯一の楽しみは、母と行く温泉巡りだった。もう遠くには行けないが、近場の温泉施設でくつろいだり、一泊旅行をしたりするのが生きがいのようになっていた。人工膀胱にしたら、温泉はもう無理になるだろう。その生活を奪われるのは絶対に嫌だった。

「がんだけを取ってください。膀胱は取りません」

父は、そう宣言したのだ。母も、余生を本人の好きなように過ごしてほしいと思っていた。なので、父の言う通り、膀胱は残す手術を選択した。

術後は食事に気を付けて、がんに効くと言われることは、なんでも取り入れ、定期検査を必ず受けて、父と母は二人三脚でがんと闘いながら暮らしてきた。そして、今日まで生きてこられた。それなのに、がんの再発と転移を告げられて、驚きと同時に自分たちのやってきたことを否定されたように感じたのだろう。

「がんはもう治りました。入院はしません。私が面倒を見ます！」

そう言って、母は父を連れて帰ってきたらしい。

「あの医者は、変なことを言う。定期検査でどっこも悪いとこはなかったんやから」

電話の向こうで声が大きくなった。

「お父ちゃんは、今はどうしてるん？」

「訪問看護師さんが来てくれるんよ。お父さんは一人ではトイレに行けへんから、嫌がるけど紙おしめをしてるんや。明日は、介護ベッドが来ることになってる。今日、社協に頼んだんや」

「大変やったね。お母ちゃん、明日一番早い列車で帰るわ。姉ちゃんと連絡取ってみる。駅まで迎えに来てもらったら助かるし」

「そうか。お父さん喜ぶわ。気を付けて来てや」

「うん、お母ちゃんも疲れ出さないように」

この後、すぐに朋子に電話してみた。朋子は、ＣＴの画像に、確かに影がくっきりと映っているのが分かったそうだ。「これががんだ」と医者は言ったらしい。でも、父も母も頑(かたく)なにがんの再発を認めようとしないし、入院も断った。それで、医者は、訪問看護師派遣の手続きをしてくれたのだ。コロナ禍で、もし入院してしまったら、父とはもう二度と会えないかもしれないと思い、姉も同意したとのことだった。

久しぶりに戻った実家は、懐かしい匂いに包まれていた。自分の病気、結夢の不調、優の闘病、そしてコロナ禍。いろんなことが次々に起こった。両親が元気でいてくれたことで、自分の家族のことだけ考えていれば良かった。そのことに甘えていた自分がいた。咲千子がこの家の敷居をまたぐのは、四年ぶりだった。電話は頻繁にかけてはいたが、両親にはこの間、一度も会っていなかった。

「お父ちゃん、咲千子やで。帰ってきたよ。久しぶりやなあ」

ベッドに横になっていた父は、目を少し泳がせてから咲千子の顔を捉え、ぱっと笑顔になった。

「さっちゃんか。よう帰ってきたなあ。元気やったか？」

咲千子が握った手を握り返しながら、父は大きな声で答えた。顔色も良く、握り返した手の力強さに少しほっとした。

「お父ちゃん、さっちゃんが帰ってきてうれしいなあ」

朋子が話しかけると、突然、

「ほな、みんなでご飯食べよか」

と、起き上がろうとする。

「お父さん、ご飯はまだ食べへんよ。さっき食べたとこやろ」

母が笑いながら諭す。二人の子どもがそろって帰ってきてくれたことが、よほどうれしかったのだろう。

「そうかあ。まだかあ」

そう言って、残念そうにまた横になった。

次の日、咲千子の実家には、父の状態の知らせを受けて、朋子の三人の娘とその家族、午後からは結夢もやって来た。父は、孫やひ孫に囲まれて、ベッドの中で幸せそうだった。母に介助をしてもらいながら、おいしそうに食事する父を見ていると、まだまだ大丈夫だと、咲千子は安心したのだった。結夢が「みんなで写真を撮ろう」と提案し、ベッドのまわりに集まって写真を撮った。笑顔いっぱいの記念写真だ。

すぐにどうこうということはなさそうだとみんなほっとして、その日の夕方には咲千子以外の親戚たちは帰って行った。このときは、これが最後の集合写真になるとは誰も思っていなかった。

その日の夜、父の様態が急変した。手や足、そして顔面の痙攣が何度も起こるようになった。この症状は咲千子が帰省する二日前くらいから出始めていたようで、訪問看護師からは、痙攣した部位と時間を記録するようにと言われていたらしい。けれど、母が言うには、こんなに頻繁には起こしていなかったらしい。咲千子は、初めて見る父のつらそうな様子に、痙攣が治まるまで手を握ったり足をさすったりすることしかできなかった。その夜は、咲千子も母と一緒に父のベッドのそばに布団を敷いて寝ることにした。

日付が変わる頃、ウトウトしかけた咲千子と母は、父の大きな声で目が覚めた。見ると、布団ごとベッドからずり落ちそうになっている。

「お父ちゃん、ごめんごめん。落ちるとこやったなあ」

父の脇の下に手を入れて、母と一緒に元の場所に戻した。

「お父さん、汗びっしょりやなあ。ちょっと拭いてあげるわ」

母がタオルで首まわりや背中を拭いた。

「すっきりしたでしょう。水、飲みましょうかね」

そう言って、母は台所に立った。そのとき、父がまた、声を発した。なんと言ったのかはっきりは分からなかったが、咲千子には、「お母さん、お母さん、お母さん」と三回言ったように聞こえた。「そばにいといて」と言いたかったのではないかと、後になって思った。その声は母には聞こえなかったようであるが、吸い口に水を入れて戻ってきた母を、父は穏やかな目でじっと見つめていた。咲千子は、介護ベッドのボタンを押して、水を飲みやすいように背中を少し上に上げた。

「はい、お水やで」

母が吸い口を父の口元に持っていく。三口ほど口にしたが、ごっくんとは飲み込めない。その水は食道のあたりで溜まっているかのように、ゴロゴロと音を立て始めた。

「吐くかも」

咲千子はとっさに、そばに合った洗面器を父の顎の下に当てがった。それを待っていたかのように、大量に吐き始めた。その吐瀉物は、コーヒー色の液体だった。咲千子は目を疑った。

「お父さん。大丈夫か？」

背中をさする母も、その色を見て驚きを隠せなかった。洗面器に半分以上溜まったところで、嘔吐は治まった。ゆっくりと頭を枕に戻すと、すっきりしたような表情で目を閉じた。咲千子は、これも訪問看護師に報告しなければならないと、吐瀉物をスマホで撮影した後、トイレに流しに行った。父の身体の中で大変なことが起こっているんだと、覚悟を決めた。

介護ベッドのそばに戻った咲千子は、

「お父ちゃん、すっきりしたんやろね」

と母に言って、父の寝顔を見た。

「え？　お父ちゃん？」

布団から出た父の胸が、上下していない！

「お母ちゃん、お父ちゃん息してない！」

「えっ。そんなことないやろ」

咲千子はそばに駆け寄って、

「お父ちゃん、お父ちゃん！」

と呼びかけた。母が、

「お父さん！　お父さん！」

と身体を揺する。なんの反応もない。口元に耳を当てても呼吸している様子がない。頸動脈や手首を触った。ピクリともしない。「うそやん。まだこんなに温かいのに。なんで……」。咲千子の頬を涙が伝った。

「お父さん、お父さん、早すぎるやんかあ……」

母も、呆然として父の手をさすり続けていた。

こうして、咲千子の父は九十四歳の生涯を閉じた。今にも息を吹き返すのではないかと思えるくらい、穏やかな表情だった。

もし入院していたら、さまざまな医療技術が駆使されて、もっと生きられたのかもしれない。しかし、コロナ禍の中、妻や子どもたち、孫やひ孫に会うことは叶わなかっただろうし、最期を妻や娘に看取られることもなかっただろう。

通夜の祭壇が整えられた葬儀場で、棺の中の穏やかな父の顔を見ていると、（もしかしたら父は自分の命の終わりのときが、もうすぐそこまで来ていると分かっていたのではないだろうか。自分の愛する人たちに囲まれたとき、残っている命の灯火を一生懸命輝かせたのではないだろうか。そうして、もうこれで十分だと、最期に妻を呼び、妻に見守られながら、思い残すことなく逝ったのではないだろうか）。そう思えた。どんなときでも冷静沈着で、穏やかな人だった。

「きっと、そうやんね。お父ちゃんらしいね」

咲千子は静かに語りかけた。

## 二つ目の夢の始まり

降って湧いたように手に入れた家であったが、築三十年が経ち、水まわりを中心にだんだんガタがき始めていた。最初にガタがきたのはキッチンのシンクだ。水漏れが始まったのである。木でできたキャビネットが気に入っていたので、咲千子は磨いたり植物性のワックスを塗ったりして、それなりに手入れをしてきた。ガスコンロや換気扇は経年劣化で使えなくなり、一度交換したが、シンクの水漏れは予想外だった。パテを塗ったり業者に来てもらってシリコンを塗ってもらったりしたが、水漏れは止まらなかった。業者からは当然のことのように、リフォームを勧められた。

次は、トイレだ。十年ほど前に汚水の排水がうまくできなくなり、当時の最新式の便器に取り替えた。その後も五年ほど経つと、温水洗浄便座の水が出なくなったり、水漏れがしたり。さらに、何度か汚水が詰まるようになり、この三年くらいはだましだまし使ってきた。しかし、ついに全く流れなくなってしまった。しかも、年の瀬の三十日に。咲千子は、「父さんも優もトイレットペーパーを使いすぎるから詰まったんだ」と小言を言ったが、今更どうしようもない。

近所の工務店に電話をかけたら、今日から四日までは正月休み。しかもコロナ禍で便器自体が不足しており、十四日にならないと入荷しないというのである。風呂や台所はまだなんとかなるが、トイレだけはどうしようもない。慎吾が年末でも対応してくれる工務店をネットで探し出した。早速修理を依頼したところ、人の好さそうなおじさんがやって来た。便器を取り外して、詰まった汚物を取り除いてくれた。しかし、便器自体が壊れていて修理には何日もかかるし、部品が手に入らないかもしれない。新しい便器は在庫がないことなどを告げて、帰って行った。八方塞がりの状況だ。

仕方なく、慎吾と咲千子は量販店に駆け込み、災害時用のトイレキットを買い求めた。とんだ年明けになりそうだと思っていたところへ、昨日の人の好さそうなおじさん業者から電話がかかってきた。「倉庫に型落ちの便器が一つ残っていて、それでも良かったら二日に取り付けに行ける」と言うのだ。なんとありがたいことか。二つ返事でお願いした。

こうして値段は高めだったが、無事に二日の夕方には安心して用を足せるようになった。しかし、トイレの排水管の構造自体にも問題があるようなことを告げられた。また、詰まるかもしれないということだ。

残るは洗面所と風呂場である。洗面所には洗濯機が置いてあるが、五年ほど前から洗濯機を回すと床がきしむ。洗濯機自体も重いが、そこに洗濯物と水が入るとかなりの重さになる。その重さに床が悲鳴を上げているかのようで、咲千子は床が抜けるのではないかと、洗濯するたびにひやひやするのだった。

　風呂場は、床も壁も昔ながらのタイル張りで、目地には黒カビが目立つようになり、天井にも落ちないカビが広がってきている。浴槽は、経年劣化のために表面がざらざらとしてきて、肌に良くない物でも浸み出していそうで気持ちが悪い。慎吾はなんともないようだが、肌の敏感な咲千子や優には、湿疹ができやすいのはこの浴槽のせいではないか、と思えるくらいだ。さらに浴槽まわりのタイルのひび割れ。そこから水が入り込み、内側が腐っているのではないかと心配になっている。実際、夏場になると、その割れ目から羽アリが飛び出してくる。

　水まわり以外にも、雨樋(あまどい)や屋根の劣化、外壁のひび、リビングの床のきしみ、直射日光の当たる柱や床の劣化など、少しずつメンテナンスはしてきたものの、そろそろ大規模リフォームが必要だと夫婦の話題に上るようになっていた。そして、どうせなら、以前から自分たちが理想としていた家にしたいという思いが強くなっていった。

　咲千子が定年退職し、慎吾もあと一年で定年退職を迎えるのを機に、リフォームではなく、一から家づくりを考えることにした。今度こそ自分たちが住んでみたかった、身体にも環境にも優しい木の家を建てることにしたのだ。「二つ目の夢」の始まりだ。

今の家と土地を売って資金にして、住みたい土地に住みたい家を建てようと、土地探しから始めた。週末には、京都府内だけでなく滋賀県や兵庫県にも足を伸ばして、住みたいと思う土地を見に出かけた。咲千子は自分が生まれ育った家が、見晴らしが良くて自然に囲まれた所だったので、そういう土地を好んだ。慎吾は、高齢になって自家用車を手放しても不便でないことや、映画館が近隣にあることなどを基準に考えた。慎吾と咲千子の共通の趣味が映画鑑賞だったので、そこは譲れない条件だと思っていたのだ。さらに、冬は寒すぎない所というのも条件だった。

二人の条件に合うような土地はなかなか見つからなかった。一度「ここは良いんじゃないか」と、二人共が納得した土地があったのだが、家を建てられるように土地を整地するだけで、何百万もかかるということが分かり、断念するしかなかった。一年以上をかけて三十カ所以上の物件を見て回った。けれど、二人が納得できるような土地は見つからなかった。

結局、何度も話し合って、今住んでいる家を取り壊して、この場所に新築するという結論に達した。住み慣れた場所。ご近所づきあいも良好。水害や地崩れなどの心配もない。自然が多くの残る環境。こんな良い場所はない。二人が望んだ立地にピタリと当てはまることを再認識したのだ。

土地は決まった。次は工務店。咲千子たち夫婦の理想を実現してくれそうな工務店を探し求めて、土地探しと並行して、新築見学会や住宅展示場などに足繁く通った。そんな中で、土地探しのときから親身に相談に乗ってくれた一つの工務店にお願いしようと、二人の意見が一致した。その工務店は、奈良の吉野杉や檜を長い時間かけて自然乾燥させた建材を使用し、さらに、柱の一本一本を大工さんの手刻みで作っていくというこだわりをもっていた。有害な物や化学物質を使わない壁材や塗料を使っていることも、二人の希望と一致した。その分予算はかなり高めになってしまうが、貯金や退職金の一部を合わせれば、なんとかなりそうだった。この工務店で家を建てた知り合いも何人かいて、なかなか評判が良かった。そして何よりも、見学会に行ったときに感じた熱意や信念が決め手となった。社長をはじめ、設計士や建築士たちが、自分たちの家づくりに誇りを持ち、熱く生き生きと語るのだ。慎吾も咲千子もこの工務店に任せようと決めた。

咲千子の二つ目の夢は、紆余曲折はあったが、ようやく実現に向けて動き始めた。今度は一人の夢ではなく、慎吾と二人の夢だ。

## さらばヘルニア

咲千子たちの思い描く家を、工務店と一緒につくっていく。そのために、何度も話し合いを重ねた。その工務店が手がけた建築中の家や、新築の家の見学会にも出かけた。また、十年以上前に建てた家の見学もさせてもらい、経年変化の状態も知ることができた。

咲千子は非常勤講師として働いていたが、自宅で療養している優のことや、自分の体調管理、田舎で一人暮らしになった母親のこと、そして家の新築のことなどを考えて、仕事を完全に退職することにした。収入が減るのは正直苦しいが、自分たちの暮らしのために時間を使おうと決めたのだ。慎吾も三月で定年退職。四月からは違う場所での再雇用が決まっていた。「残業もなくなるし、お互い時間に余裕ができるね」と言っていた矢先、慎吾の腰痛が悪化した。少し前から腰の痛みを感じていたのだが、今までもたびたびあったので、今回もさほど気にとめていなかったらしい。

　腰の痛みを気にしながらも、三月三十一日の退職の日は、咲千子が車で職場まで迎えに行き、多くの同僚や部下に見送られ、抱えきれないほどの贈り物や花束を後部座席に積んで家に帰った。慎吾は、いただいた手紙を読んだり贈り物を一つ一つ手に取ったりと、感慨深そうだった。

　その次の日は、早速新しい職場での着任式がある。慎吾は、

「なんか、腰が痛いんだよね。まっすぐ腰伸ばして立ってられへん」

　と腰を気にしながら、新しい職場に出勤していった。そして、次の日、二階の寝室から這うようにして降りてきた慎吾が、

「あかん、歩けへん。なんやこれ」

　と、狼狽（ろうばい）しながらリビングのドアを開けた。この日は土曜日で、幸い仕事は休みだった。椅子に座ることはできるが、真っすぐ立つことも歩くこともつらそうだ。朝食後、すぐに近くの整形外科に咲千子の運転する車で向かった。レントゲンを撮ったが、骨にひびが入っているとか、ヘルニアが見つかったとかいうことはなく、ブロック注射をしてもらっ

て帰ってきた。しかし、大した効き目もなく、その日はほぼ横になって過ごした。その後、整体、電気マッサージ、ペインクリニックと、さまざまな治療を試みたけれど、一カ月たっても症状は全く改善されず、ますますひどくなるように思われた。痛みと思うように動けないいらだちは、慎吾の気持ちを疲弊させた。

ゴールデンウイーク明けに、ついに病気休暇を取ることにした。歩行を支える杖を買って、しばらくはそれをついて歩いていたが、それすらつらくなってきていた。家の中ではつかまる物があるし、椅子に座ることはできたのでなんとか暮らせていた。家事や慎吾の身の回りのことは、咲千子が全面的にやることになった。優の療養と重なって、咲千子自身もかなり疲れが溜まっていた。そんな中でも、家の新築の話は進めていかなければならない。事情を説明して、工務店から家に来てもらって打ち合わせを進めた。

そのうち慎吾は歩くと激痛が走るようになり、咲千子は社協で車椅子を借りた。慎吾の通院や図書館に行くとき、ちょっとした買い物に出かけるとき、とても役に立った。

六月に亡父の一周忌をした。そのとき、慎吾が杖をついて腰を曲げて歩く様子に親戚中が驚いて同情した。一番ショックを受けたのは結夢だった。

「お母さん、お父さん大丈夫なん？　もうあかんやん……」

こんな父親の姿を見る日が来るなんて。もう若くない父親を目の当たりにしてしまったわけだ。

腰痛が発症してから二カ月と少し経った頃、慎吾は手術を受けることに決めた。咲千子が勧めたＭＲＩ検査で、ヘルニアが判明したのだ。このヘルニアがひどい腰痛の原因ならば、それを取ってしまわない限り腰痛は治らない。今までのような対処療法ではもうどうにもならないと思ったのだ。自宅から車で小一時間かかるその病院は、腰椎や頸椎の手術では有名な病院だ。診察した医師は、

「すぐに手術しましょう。入院は約三週間。その間にリハビリもします。歩けるようになりますよ」

と、慎吾と咲千子に笑顔で告げた。診察を受けて三日後にはもう、手術を受けていた。術後、切除したヘルニアを見せられたとき、咲千子は（もわもわとして豆腐が崩れたみたいだ）と思った。古い物もあって、骨に巻き付いていたそうだ。「さらばヘルニア。よくも慎吾を苦しめてくれたな」、試験管の中のヘルニアをにらんでつぶやいた。

慎吾の手術と入院、仮住まいの借家への引っ越しの準備、優の世話……。つらいのは慎吾や優であるが、咲千子も正直気持ちが萎えそうだった。ついつい愚痴をこぼしたくなるときは、姉の朋子に電話する。上山家の窮状を聞いて、

「大変やったなあ。さっちゃんのところも、ほんとにいろいろあるなあ」

朋子には同情された。聞いてもらえれば気が晴れる。

「まあ、仕方がないわあ。やれることをやるしかないしな。次に何したら良いかを考えるわ」

そこは負けず嫌いの咲千子である。朋子にそう答えた。そしてその言葉の通り、気持ちを切り換えて、自分ができることをやっていった。不用になった家具を解体したり古着をリサイクルに出したりと、引っ越しの準備を進めていった。その合間に、病院まで慎吾の洗濯物を取りに行ったり、頼まれた本を図書館で借りて届けたりもした。こうして慎吾が留守の間も、毎日忙しく過ごした。

「私が仕事辞めてなかったら、どうなってたんやろ。辞めて良かったやん。そうじゃないと私まで倒れてたかも。神様はちゃんと見てはりますねえ。うまいことできてるわ」

独り言を言いながら、慎吾の病院へと車を走らせる。

コロナ禍で面会はできないが、看護師経由で荷物を届けてもらう。慎吾は毎日食事やリハビリの様子を画像入りで送ってきたし、咲千子も引っ越しの準備の進捗状況や優の様子を返信した。手術から三週間後、慎吾は自分で立って普通に歩いて退院した。入院のときは車椅子に乗っていたのが嘘のようだ。

しかし、重い物を持ったり、長時間同じ姿勢でいたりすることは、三カ月間は禁止である。荷物を詰めた段ボールを運んだり家具を移動させたりするときは、優に頼るしかなかった。優は、実家に戻ってきた頃に比べるとずいぶん症状は改善してきていて、咲千子の手伝いを買って出てくれることもあり、助かった。

引っ越しが無事に終わったのが、七月の終わりの猛暑日だった。咲千子以外の男二人は、仮住まい先で荷物の置き場所を引っ越し屋さんに口頭で指示するのが仕事だ。咲千子は、空っぽになった我が家を、隅々まで掃除をした。取り壊されるとはいえ、住み慣れた愛着のある家だ。この家に引っ越してきた日の優が崖から落ちたという大事件、庭でのテントのお泊まり会、北海道旅行、子どもたちの反抗期、慎吾とのけんかもあった。闘病中の涙も……。天井のシミや、床の傷たち、どれもが家族の歴史だ。咲千子たち家族を包み込んでくれたこの家。

「長い間ありがとうねぇ……」

最後に家中を歩いて回った。もう一回「ありがとう」と言いながら、玄関ドアに鍵をかけた。


こうして、咲千子と慎吾と優の借家暮らしが始まったのである。

慎吾は仕事に復帰し、以前は、ベンチプレスや筋トレが日課だったが、今ではストレッチや太極拳が日課となっている。

咲千子の体調も、今のところ不安はない。年齢相応の衰えは仕方ないと思いながら、食事に気を付け、毎日できるだけ歩くようにと心がけている。三カ月に一度の定期検査でも異常はない。もうすぐ手術から五年。「十年は定期検査に通うように」と、医者からは言われている。まだまだ寛解とはいかないけれど、いろいろ考えてもしょうがない。今の生活を大切にしていこうと思っている。

十月。地鎮祭も無事終わり、咲千子の二つ目の夢は、ゴールに向かって着実に進んでいる。慎吾と結婚して三十七年。良いときも良くないときも、「まあ、いろいろあってもしょうがない。今できることをすれば、必ず先に進む」と、後ろを振り向かずに前を向いて歩いてきた。その生き方は、この先もずっと変わらないだろう。

お転婆で負けず嫌いのさっちゃんの物語は、まだまだ続くのである。

# エピローグ

咲千子は、今日も日課の散歩に出かけた。借家暮らしになってからの行き先は、歩いて五分ほどの広い運動公園だ。季節は過ぎて、賑やかだった蝉の合唱はいつの間にか秋の虫たちの優しい声色に変わった。

この公園は、元は小高い丘陵地帯だったらしく、その地形を生かした散歩コースがいくつか作られている。森の中の落ち葉を踏みしめて歩くような道もあれば、木道もあるし、舗装された道もある。咲千子が好きなのは森の中の道だ。

三十分ほど歩いて、森を抜けた所にある展望台に上がった。足下に、気の早いどんぐりがポトン、と落ちて転がってきた。

広場では、お年寄りのグループがグラウンド・ゴルフの練習をしている。陸上競技場では、大学生の地区大会が開かれ、多目的グラウンドでは、小さな保育園児たちが、保育士に手を引かれながら運動会の真っ最中である。

秋の風が、少し汗ばんだ身体に心地いい。

「さっちゃんのところも、ほんとにいろいろあるなあ」

ふと、朋子の声がよみがえる。

「ほんと、次から次にいろんなことが起こるよなあ……。でも、しょうがないわ。起こったことを嘆いても、何も解決しないもんね。次に何したらいいか考えたら、前に進める。いつも今日みたいに穏やかな日なら良いけど、晴れたり曇ったり、時には嵐も吹き荒れるってことや。でも、やまない嵐はない。人生は天気と一緒や」

「さあ、一万歩まであと半分。次は木道の方に行くか」

咲千子は声に出してそう言うと、スマホの歩数計アプリをセットして、洗濯物がよく乾きそうな秋晴れの空を見上げた。

## あとがき

退職後の日々を、何か目標を持って暮らしたいと思っていました。習い事でもするか、好きな裁縫の腕を磨くか、ボランティア活動をしてみようか……。でも、どれもなんとなくピンとこないのです。わくわくしないのです。そこで思いついたのが「自分の今までの人生を小説に書く」ということでした。自分の生きてきた時間をしっかりと振り返ってみよう。せっかく書くのだから、誰かに読んでもらうことを目標にしよう。そうすれば、途中で投げ出さずにがんばれる。そう思ったのです。文章を書くことは好きでした。けれど、小説を書いた経験など全くなかった私にとっては、大きなチャレンジでした。でも、わくわくしたのです。

こうして出来上がった『さっちゃんの物語』は、主人公咲千子（筆者）の実体験をベースにしながら、そこに創作を織り交ぜて出来上がった物語、つまり「自伝的小説」です。登場人物は全て仮名です。

物語を書きながら、そのときどきの出来事が映画の一場面のようによみがえり、タイムスリップしたかのような不思議な感覚に陥りました。時には涙がこぼれたり赤面したり……。正に自分の歩いてきた人生を追体験する作業でした。そして、今まで本当にたくさんの方々に支えられ、励まされてきたのだということ、たくさんのことを教えていただいたのだということを再認識しました。

人の人生は一つとして同じものはありません。誰もが自分の「物語」を持っています。さっちゃん（咲千子）の生きてきた六十余年の人生も、唯一無二の「物語」だと思っています。

さっちゃんは、この本が出来上がる頃には、二つ目の夢を叶えているはずなのですが……。そして、この物語は、まだまだ続いていきそうです。

この本を手に取ってくださった読者の皆様、最後までお読みいただき、本当にありがとうございました。

本ができるまで、励まし温かく見守ってくれた家族のみんな、ありがとう。

書籍化の声をかけていただき、編集・制作で大変お世話になった文芸社の川邊さん、高島さん、そして、この本の出版にご尽力いただいた全ての方々に心から感謝申し上げます。

〈参考文献〉

ルース・スタイルス・ガネット作　ルース・クリスマン・ガネット絵　わたなべしげお訳
『エルマーのぼうけん』福音館書店　一九六三年
『エルマーとりゅう』福音館書店　一九六四年
『エルマーと16ぴきのりゅう』福音館書店　一九六五年
京都教育センター編『科学への目を育てる生活科～新学力観を越えて～』法政出版　一九九三年
小野次朗・上野一彦・藤田継道編『よくわかる発達障害　第2版　LD・ADHD・高機能自閉症・アスペルガー症候群』ミネルヴァ書房　二〇一〇年
昇地勝人・蘭香代子・長野恵子・吉川昌子編『障害特性の理解と発達援助─教育・心理・福祉のためのエッセンス　第2版』ナカニシヤ出版　二〇〇六年

**著者プロフィール**

**有田 望子**（ありた みこ）

1959年　兵庫県生まれ
現在は京都府在住　夫と二人暮らし
2020年3月末に、41年間の教員生活に終止符を打つ
趣味は映画鑑賞・読書
好きなことは裁縫

**さっちゃんの物語**

---

2024年３月15日　初版第１刷発行

著　者　有田 望子
発行者　瓜谷 綱延
発行所　株式会社文芸社
〒160-0022　東京都新宿区新宿1－10－1
電話　03-5369-3060（代表）
03-5369-2299（販売）

印刷所　株式会社エーヴィスシステムズ

---


ISBN978-4-286-25151-6